KB100090

마주침의 발명

마주침의 발명 김행숙이 만난 시인들

초판 1쇄 인쇄 2009년 6월 1일
초판 1쇄 발행 2009년 6월 5일

지은이 김행숙 펴낸이 공홍 펴낸곳 케포이북스 출판등록 제22-3210호
주소 서울시 서초구 서초동 1599-2 엘지에클라트 302호
전화 02-521-7840 팩스 02-6442-7840 전자우편 kephoibooks@korea.com

값 14,000원
ISBN 978-89-960412-5-2 03810

이 도서의 국립중앙도서관 출판시도서목록(CIP)은 e-CIP홈페이지(http://www.nl.go.kr/ecip)에서 이용하실 수 있습니다.
(CIP제어번호:CIP2009001567)

마주침의 발명

김 행 숙 이
만 난
시 인 들

프롤로그

마음에 대하여

*

그대, 마음의 문을 열라. 사랑에 빠진 이들은 애원한다. 그러나 우리들은 "어쩌자고 벽이 열려 있는데 문에 자꾸 부딪히는지."(진은영의 시 「어쩌자고」에서)

우리는 어째서 자꾸 문에 속는지. 어째서 '마음의 문'이라는 형식을 언어의 관습으로 굳히고 믿음의 영역에 세웠는지. 우리는 마음의 수수께끼를 열리고 닫히는, 초인종을 누르고 자물쇠를 채우는 문의 형식과 절차로 도무지 풀어낼 수 없었는데도 말이다. 벽이 열려 있는데, 문을 찾아 맴맴 도느라 밤잠도

자지 못하는 이여. 어지러운 풀숲에서 열쇠를 찾느라 바지에 푸른 물이 든 이여. 내가 그랬겠다. 당신의 어떤 시간처럼.

그리고 문득 당신의 그 어떤 시간처럼 나는 '문'을 포기했을 것이다. 우리는 돌아섰다. 돌아서면서 나는 절망적으로 중얼거렸을지도 모르겠다. 당신은 내게 마음의 문조차 보여주지 않았어.

마치 마음이 일정한 공간을 점유하고 있는 건물 같은 것인 양 우리는 마음의 문을, 벽과 창을 상상한다. 마음의 문. 마음의 벽. 마음의 창. 마음의 지하실. 마음은 마침내 집이 되어버렸다. 집은 움직이지 않는다. 집은 그 자리에 서 있을 뿐이다. 집은 정착한 장소다. 그러나 마음은?

내 마음은 유랑한다. 마음은 형상을 짓지도 형상에 갇히지도 않는다. 마음은 움직임 속에 있으며 움직임 자체이기도 하다. 떨리고, 부풀어오르고, 터지고, 찢어지고, 떠나고, 휘청거리고, 달아나고, 쫓아가고, 흩어지고, 모이고, 비었다가 차오르고, 잠시 멈추어 두리번거리다가 또 길을 만들어내는 …… 마음들.

기차를 집 모양으로 만들어도
집을 나가고 싶은 사람은 집을 나가고
집을 옮기고 싶은 사람은 집을 옮길 것이다

목요일의 신선 달걀을 포기하고

— 이근화의 시 「목요일마다 신선한 달걀이 배달되고」에서

"기차를 집 모양으로 만들어도", 마음을 집 모양으로 만들어도, "집을 나가고 싶은 사람은 집을 나가고 / 집을 옮기고 싶은 사람은 집을 옮길 것이다." 마음은 '집 모양' 안에 깃들어 있는 것이 아니라 '나가고' '옮기는' 그 움직임 속에, 그 움직임 자체로서 출몰한다. 마음은 집이 아니라 차라리 바람의 존재 양식을 닮았다. 누가 바람의 형상을, 바람의 정형定型을 보았겠는가. 아무리 눈을 부라려도 우리의 시선에 바람의 모양과 색깔은 잡히지 않는다. 나뭇잎들이 한쪽으로 우르르 쏠릴 때, 너의 머리카락이 사방으로 나부낄 때, 우리는 그 순간순간에 바람의 존재를 감득할 수 있을 뿐이다. 바람이 움직임 속에서 현현하듯이, 마음은 무정형의 운동 속에서 언어를 고르고 만지고 굴절시키며 배달한다. 그래왔듯이 앞으로도 종종 배달사고가 일어나겠지만, 마음의 여행을 떠난 우리는 조금 더 기뻐하기로 하자.

마음이 먼 길을 떠났다가 타인의 마음과 마주치는 그곳에서 우리는 별빛처럼 찢어질 것이다. 우리가 어디로 휘어질지, 그 커브가 어떤 미래를 펼칠지 미리 현명하게 헤아릴 수 없기

에 인생은 여전히 모험이며, 어리석을 것이며, 어쩔 수 없이 천진할 것이며, 죽을 때까지 충분히 늙지 못하는 시간이 아니겠는가.

그러므로 내 친구의 시에서 이런 구절을 발견했을 때 나는 그것을 마치 우리들의 말처럼 함께 중얼거렸던 것이다. "우리는 언제나 조금 더 길을 가야 한다."(이원의 시 「서울의 밤 그리고 주유소」에서)

*

"우리는 언제나 조금 더 길을 가야 한다." 이렇게 똑같이 말하지만 우리는 결코 똑같은 길을 요구하지도 부탁하지도 기원하지도 않는다. 우리가 마주친 그곳에서 나의 길이 휘어지고 너의 길이 휘어졌다는 것, 그렇게 휘어진 길에서 우리는 조금 더 길을 가야 한다는 것, 그런 사건들이 나는 우정의 응답일 거라고 생각한다.

안녕. 만남의 인사는 작별의 인사와 어떻게 구별되는가. 안녕. 작별의 인사가 만남의 인사와 똑같다는 것이 마음에 들지 않는가.

나는 세상의 어떤 어떤 모퉁이에서 시인들을 만나고 이 글들을 썼다. 그러는 동안 나는 '창조적인 우정'에 대하여 숙고해 볼 수 있었다. 우연한 마주침들이 내 삶의 반짝이는 모퉁이와 미래를 발명해주었다는 것을 그래서 알게 되었다. 그러므로 이 책이 씌어지는 동안 내가 만난 시인들에게 표시해야 마땅할 고마움을 나는 미처 다 헤아리지 못한 채로 감사하기로 한다. 미래에 이미 당도해있는 우편물이 있으리라. 내가 이미 읽었다는 것을, 이미 오래 전에 오독하고 변형하고 지우고 새로 쓰기까지 했다는 것을 나는 미래의 어느날 다시 돌아보게 되리.

2009년 봄날

김행숙

차례

모든 게 신비였다 사랑의 힘 죽음의 힘 죽은 꽃의 힘
모든 게 신비였다
삼백 육십 오일 낙타는 타박거렸다
얼마나 멀리가야 하나 얼마나 가까이 있어야 하는가
「어쩌서 그런 일이 벌어졌을까」에서

나는 서랍에 관한 이야기를 꺼낼 것이다
당신은 이미 다 알고 있는 이야기여서 지루해하거나 혹은
까맣게 잊고 있어서 타인의 이야기처럼 들릴 것이다 서랍
에 관한 이야기라…… 그렇지 않은가.
「서랍」에서

꿈의 뿌리는 몸에 있고 몸의 뿌리는 꿈에 있다는 사실
을 다리가 말한 다음 날부터 먼 곳이 보이기 시작했다
어디든 갈 수 있다는 사실이 나다
「실크로드」에서

그것을 믿자, 숱한 의심의 순간에도
내가 곁에 선 너의 존재를 유일하게 확신하듯

친구, 이것이 나의 선물
새로 발명된 데카르트 철학의 제1원리다
「너의 친구」에서

아이덴티티는 너무 20세기적이야. 난 움직여 움직이
고 있다구. 하얗게 밀려오는 밤바다의 파도. 이른 아침
7시 50분에 시 청사 정문 앞 도로변에 서보면 다 보여.
현대적으로, 21세기적으로, 그렇지만 능숙하게 르네상스식
으로도. 너도 한번 볼래?
「가수 김윤아」에서

나는 본다 들여다볼 수 없이 깊은 연못을, 노파들이 오래 된 도시의 주름 속에서 느릿느릿 새어나오는 광경을…… 살아 있는 건 무채색의 어둠뿐이라는 듯이 끔찍하게 늙은 검은 얼굴들을 보았다 죽은 나무와 밑동에 돋아나는 버섯과 잎 끝에 떨어질 듯 말 듯 매달린 물방울의, 그 휘황한 불꽃의 주인인 그녀들을……

「공원에서 쉬다 1」에서

추억과 고집 중 어느 것으로
저 영원을 다 켜댈 수 있겠느냐.

「바다의 아코디언」에서

토끼가 달린다
토끼는 달리면서 자꾸만 토끼 아닌 것이 된다
토끼 아닌 것이 된 토끼가
오래도록 토끼가 되기 위해 달리고 또 달린다

「들판을 달리는 토끼」에서

슬퍼하지 말아라, 과녁을 벗어난 화살들이여. 떨어져
내린 곳이 삶의 과녁임을, 아무도 찾을 수 없는 곳으로
와 버렸다고 슬퍼하지 말아라.
「슬퍼하지 말아라」에서

너를 들여다보기 위하여 아주 먼 곳에서 공기는 빛나고
날은 흐리다. 맑은 날이면 구름이 분명한 자리를 차지하고
너보다는 느린 속도로 하늘에 구멍을 내고 아주 먼 곳에서 흐린
날까지 걸어서 온다. 구름에는 비의 두 발이 언제라도 숨어 있다.
「새의 윤곽」에서

이성복

흑색 신비의 풍경

1952년 경북 상주 출생. 서울대 불문과와 동대학원 졸업. 1977년 「정든 유곽에서」와 「1959년」을 『문학과사회』에 발표하여 등단. 시집으로 『뒹구는 돌은 언제 잠깨는가』(1980), 『남해금산』(1986), 『그 여름의 끝』(1990), 『호랑가시나무의 기억』(1993), 『아, 입이 없는 것들』(2003), 『달의 이마에는 물결무늬 자국』(2003). 산문집으로 『네 고통은 나뭇잎 하나 푸르게 하지 못한다』(2001), 『나는 왜 비에 젖은 석류 꽃잎에 대해 아무 말도 못 했는가』(2001), 『오름 오르다』(2004) 등. 김수영 문학상, 대산문학상, 현대문학상 수상.

■

내가 나를 구할 수 있을까

詩가 詩를 구할 수 있을까

왼손이 왼손을 부러뜨릴 수 있을까

—「어째서 이런 일이 벌어졌을까」에서

그를 만난 방의 이름은 수미재守微齋였다.

시인 이성복을 '그'라고 쓰면서 나는 또 카프카를 생각한다. 카프카는 '나'라는 말을 '그'라는 말로 바꿀 수 있었던 그 순간부터, 놀라움과 기쁨을 동시에 느끼며 문학에 몰입하는 스스로를 발견할 수 있었다고 한다. '그'라는 이비인칭의 누군가란 바깥 세계, 개인적인 관계의 모든 가능성을 예고하고 앞지르며 또 용해시켜 버리는 바깥세계와 같다고 썼던 이는 모리스 블랑쇼였다. '나'와 '너'의 일부가 섞여 있으므로 '우리'라고도 부를 수 있을 드넓은 '그'를 이성복의 표현으로 한다면 '옆'이라고 할 수 있으리라.

"한없이 좁히면 '나'라고 부를 수 있는 게 아무것도 없어요. '나'는 옆으로 끝없이 펼쳐져 있고 이어져 있는 것이지요."

'옆'은 나의 변신과 확장의 계기이면서 더불어 우리가 속해 있는 비근한 풍경이다. '나'라고 생각해온 높고 좁은 울타리가 무너지고 자빠질 때에 나는 그를 만날 수 있을 것이다.

그가 근자에 마련했다는 사무실로 들어가는 문에는 카프카의 흑백사진과 '수미재守微齋'라는 문패가 붙어 있었다. 수미재, 작은 것(천한 것, 희미한 것, 쇠잔한 것, 미묘한 것, 은밀한 것, 숨은 것, 없는 것)을 보살피는 집에서 나는 그를 만났다. 그는 그곳에서 책도 읽고 글도 쓰고 학생들과 수업도 한다고 했다. 온통 하얀 방이었다. 뒤돌아서서 내가 닫은 문을 쓰다듬듯이 보니, 거기에는 '절문근사切問近思'라 쓰여 있었다. 절실하게 묻고 비근하게 생각하라고 했다. 문고리쯤에 붙여진 '당겨요'라는 말도 '절문근사切問近思'와 호응이 되면 메타포가 되었다.

흰 벽, 흰 블라인드가 내려져 있는 창, 흰색 커버가 씌워져 있는 의자들, 마치 병원에라도 온 것 같았다. 그리고 그는 흰 칼라를 살짝 내보이는 검정 스웨터에 검은색 양복을 입고 있었다. 영혼의 의사로 불리어지는 사제처럼 말이다.

그러고 보니, 나는 어젯밤 그를 만날 마음의 준비를 하면서 느닷없이 카프카의 「시골의사」를 다시 읽었다. 여섯 권의 시집, 『뒹구는 돌은 언제 잠 깨는가』(1980), 『남해금산』(1986), 『그 여름의 끝』(1990), 『호랑가시나무의 기억』(1993), 『아, 입이 없는 것들』(2003), 『달의 이마에는 물결무늬 자국』(2003)과

이성복 선생과 그림 속엔 따님

그리고 얼마 전에 그가 펴낸 사진에세이 『오름 오르다』는 이미 가방 속에다 챙겨 놓은 후였다. 그런 후에 왜 나는 카프카의 많은 작품들 중에서도 「시골의사」를 펼쳤던 것일까?

"그 시골의사는 상처 앞에서 쩔쩔매고 있지요. 누구도 그 의사선생을 그다지 믿지 않지만, 그는 온갖 더러운 병실들을 두루 돌면서 상처를 봐야 해요. 그는 상처를 들추었을 뿐, 사실 그는 환자의 처지보다 나을 게 없어요. 그렇지만 사람들은 종을 울리고 그는 어떻게든 달려가야 하지요. 그게 그의 윤리일 것입니다. '시골의사'는 글쓰기에 대한 메타포가 될 수 있겠군요. 보들레르는 세상을 '거대한 병원'이라고 했고, 몰리에르는 작가란 존재를 '상상병 환자'로 말했고……."

그리고 그는 장 크리스토프에 대해 말했다. 그 이름, christo+phe에 새겨져 있는 대로 장 크리스토프는 그리스도를 옮겨주는 일을 하였던 존재들에 대한 메타포였다. 성모 마리아가 크리스토프이며, 십자가가 크리스토프라고 그는 말했다. 성모 마리아는 아기 예수를 안고 있었지만, 그러나 십자가란 예수가 피를 흘리면서 져야 했던 우리들의 '죄'가 아닌가. 그런데 그는 십자가가 예수를 옮겨주었다고 말하고 있었다. 내가 십자가를 지는 것이 아니라 십자가가 나를 지는 것이라는 말이었다. 그 순간, 나는 그의 젊은 날의 시 한 편을 떠올리고 있었다. 「어째서 이런 일이 벌어졌을까」에서, 이를테면 다음과 같은 구절,

내가 나를 구할 수 있을까
詩가 詩를 구할 수 있을까
왼손이 왼손을 부러뜨릴 수 있을까

그리고 그는 이 시에서 "언젠가, 언젠가 나는 「부패에 대한 연구」를 완성 못 하리라"고 썼다. 그는 쇼펜하우어의 『의지로서의 표상』을 빌려, 돌아보면 지난 날 내 문학적 삶은 의지로서의 야심과 표상으로서의 문학이 합쳐진 혼곤이었노라고 고백했지만, 그가 '부패에 대한 연구'를 완성할 수 없는 동안, '완성'이라는 야심에 끝내 속지 않는 동안 '부패에 대한 연구'가 그를 옮겨갔을 것이다. 부패에 대한 연구, 치욕에 대한 연구, 입이 없는 것들에 대한 연구가 그를 '옆'으로 퍼지게 했을 것이다. 그는 그렇게 여전히 움직이는 중이었다.

미시적인 리얼리즘에서 풍요로운 환상과 매혹적인 상징을 피워 올렸듯이, 이제 그의 유물론은 종교적이기도 했다. '옆'에 대해 말하면서 그는 불교적인 사유법을 내비쳤고, 마음의 저울을 '제로 포인트0案'에 맞추는 데 도움을 준다는 위빠싸나적 사고를 말하면서 반反위빠싸나적 사고와 맞물려 있어야 한다고도 말했다. 은유는 계속적으로 쇄신되어야 하는 것이라고 했던 말도 여기에 적어 두자.

그는 10년 만에 세상에 내놓은 시집, 『아, 입이 없는 것들』을 떠받치는 네 개의 기둥을 생生, 사死, 성性, 식食이라고 했다. "인간의 환상을 부수는 데 좋은 무기가 돼 주는 게 인류학과 생물학이라고 생각돼요." 그가 덧붙인 말이었다.

오늘날 우리들도 당연히 인류학과 생물학의 대상이 되는 몸으로 살고 있지만, 그의 말대로 우리는 그 몸을 우리에게서 멀찍이 떼어놓은 듯이 스스로를 속이고 있으므로, 인류의 원시생활사와 생물들의 기기묘묘한 짝짓기는 고상한 인간이라는 환상과 인간중심의 휴머니즘에 흠집을 내줄 것이다.

> 어떤 수컷은 일 끝나면 제 성기를 부러뜨려 코르크 마개처럼 입구를 막아버린다. 다른 수컷들과 교미하는 것을 원천봉쇄하는 것이다. 어떤 수컷은 국자처럼 생긴 그것으로, 다른 수컷들이 쏟아놓은 즙액을 퍼내고 제 볼 일을 본다. 사람의 남성이 그렇게 생겼다는 설도 있다.
>
> —「60 K와 프리이다의 첫 번째 性」(『달의 이마에는 물결무늬 자국』)

그렇지만 오늘날 어떤 이들에게는 사이보그의 매끄러운 몸이 더 가깝게 생각될 것이다. 우리는 생물학적인 진화의 환상조차 넘어서서 과학사적인 진화를 꿈꾸면서 한껏 오만해져 있지만, 생生, 사死, 성性, 식食이라는 기둥에 매인 생물체의 운명을 완전히 숨길 수도 그렇다고 또 지워버릴 수도 없다.

> 당신의 몸집보다 두 배는 굵은 개가
> 당신이 앉는 붉은 의자에 죽치고 있을 때
> 당신은 개를 불러 내려오게 할 수도 있으리라

하지만 당신은 그럴 생각이 없다
퍼질러 앉아 휴식을 취하는
개에 대한 예의에서가 아니다

그것은 개가,
당신 앞에 웅크리고 있는 개가
당신의 일부이기 때문이다
어느 날 오후 구름이 브래지어 끈처럼
내걸린 창가에서, 이해할 수 없는 푸른 하늘 앞에
당신의 일부가 저렇게 버티고 있는 것을
당신이 눈치챘기 때문이다

—「124 문득 그런 모습이 있다」 부분(『아, 입이 없는 것들』)

이런 구절 앞에서 우리는 참담한가. 더욱 참담해지라.

삶이란 본래
시골 마을 질 나쁜 녀석들이
백치 여자 아이를 건드려
애 배게 하는 것이라고 생각도 하지만

찔레꽃을 따먹다 엉겁결에 당한
백치 여자 아이는
눈부신 돛배처럼 내 앞에서 놀고 있다

—「120 찔레꽃을 따먹다 엉겁결에 당한」(『아, 입이 없는 것들』)

어쩌랴, '물집'처럼 '오름'처럼 백치 여자 아이의 배가 부풀고 있다. 그는 '백치임신'이라는 은유를 발견했고, 또한 우리들의 욕망으로 부푸는 '상상임신'에 대해 절실하게 묻고 비근하게 생각했다.

그는 스스로를 어떤 신비주의에도 기댈 수 없는 불신자라고 말했지만, 불신자의 감각으로 수많은 신비를 포착해낸다. 그의 표현으로 한다면, 이 세상은 '흑색 신비'가 흩뿌려져 있는 곳이다. '정든 유곽'이 그러했고, '백치임신'으로 태어나는 것들과 '상상임신'으로 태어나지 않는 것들이 그 흑색 신비에 속할 것이다. 또한 "눈 먼 외디푸스를 끌고 가는 효녀 안티고네"(「1 무엇을 말하고 싶었는지 모른다」, 『달의 이마에는 물결무늬 자국』)가 그곳으로 발걸음을 옮기고 있을 것이다. 흑색 신비를 탐색하는 그는 '신 없는 종교'의 사제였다.

모든 게 神秘였다 오줌 누는 여자아이와
곱추 남자와 電子時計 모든 게 神秘였다 채찍 맞은
말이 길게 울었다 모든 게 神秘였다 사람이 사람을

괴롭히고, 그러나 죽지 않을 만큼 짓이겼다
모든 게 神秘였다 사랑의 힘 죽음의 힘 죽은 꽃의 힘
모든 게 神秘였다
삼백 육십 오일 駱駝는 타박거렸다
얼마나 멀리 가야 하나 얼마나 가까이 있어야 하는가

—「口話」 부분(『뒹구는 돌은 언제 잠 깨는가』)

"미학과 윤리학은 통해야 해요." 그는 이 말을 여러 번 했다. 그리고, 최선을 다해야 한다, 는 말도. 만상萬象이 공空으로 가는 길에 윤리학이 있고, 공空이 묘유妙有로 통하는 길에 미학이 있다는 말을 하면서, 그는 시라는 울타리 내에 스스로를 가두고 싶지 않다고 했다. 나는 그를 통해 우리 시가 더 넓어지기를 바랬다.

작가 이성복에게 문학은 이렇게 존재했다. 대산 문학상 수상식장에서 들었던 말을 나는 다시 들을 수 있었다. "문학이란 것은, 우리가 그것을 말하지 않고서는 나머지 모든 것이 허위가 되는 어떤 것, 혹은 그것을 말함으로써 그 나머지 모든 것들이 추문이 되고 스캔들이 되는 어떤 것입니다. 그러므로 그것을 말한다는 것은 매우 창피하기도 하고 때로는 불온하게 보이기도 하고 유치해보기기도 합니다. 그렇지만 문학은 그렇게 더럽고 어둡고 추한 자리에만 있는 것은 아닙니다. 그것을 말함으로써 우리 모두가 인간이라는 사실이 자랑스럽고 우리가 여기에 살아있다는 것을 뜨겁게 생각할 수 있습니다. 그것은 우리 한 사람 한 사람을 이놈 저놈에서 이분 저분으로 끌어 올려 줍니다. 비유적으로 문학은, 등을 긁을 때 오른손으로도 왼손으로도 닿지 않고, 위로 긁는대도 아래로 긁는대도 닿지 않는 어떤 공간이 있는 것과 같이, 도저히 침투할 수 없는, 말할 수 없는, 따질 수 없는 어떤 공간에 대한 증명이고 그리움입니다."

겨울 오후는 짧았다. 문득, 나는 그가 집필실로 이용했다는 뜨락이 있는 한옥집에 대해 물었다. 그는 잔잔하게 웃으며 말했다. "이곳으로 옮겨왔어요. 겁이 나서요. 비 오는 밤은 더 그랬지요. 나는 겁이 많은 사람이랍니다." 그 순간, 내가 언젠가 '겁쟁이들을 사랑한다'고 썼던 적이 있다는 걸 떠올렸다. 겁을 내지 않는 사람들이야말로 무서운 존재가 아닌가. 이 세상이 겁을 내지 않는 사람들로만 이루어졌다면, 정말이지 "모두 병들었는데 아무도 아프지 않"을 것이다. (「그날」, 『뒹구는 돌은 언제 잠 깨는가』)

그와 대화를 나누는 동안, 차는 식어 있었다. 나는 그 동안 그가 끓여준 차 한 잔이 놓여 있었다는 것도 잊고 있었던 것이다. 그리고 테이블에는 조그만 돌 두 개가 놓여 있었다. 내 눈빛이 드디어 두 개의 돌에 닿았는데, 그는 그 무늬들에 대해 이야기했다. 그 돌로부터 여자 이야기가 나오고, 아이 이야기가 나오고, …… 구름 이야기가 흘러가고 있었다. 입이 없는 것들의 입술을 언뜻 본 것도 같았다.

한 여자 돌 속에 묻혀 있었네

그 여자 사랑에 나도 돌 속에 들어갔네

어느 여름 비 많이 오고

그 여자 울면서 돌 속에서 떠나갔네

떠나가는 그 여자 해와 달이 끌어주었네

남해 금산 푸른 하늘가에 나 혼자 있네

남해 금산 푸른 바닷물 속에 나 혼자 잠기네

—「남해금산」·

(2004년 겨울)

황병승

사진 오재훈

천 개의 서랍

1970년 서울 출생. 서울예대 문예창작과와 추계예대 문예창작과 졸업. 명지대 대학원 문예창작과 수료. 2003년 「주치의 h」 외 5편을 『파라 21』에 발표하여 등단. 시집으로 『여장남자 시코쿠』(2005), 『트랙과 들판의 별』(2007).

나는 서랍에 관한 이야기를 꺼낼 것이다

당신은 이미 다 알고 있는 이야기여서 지루해하거나 혹은 까맣게 잊고 있어서

타인의 이야기처럼 들릴 것이다 서랍에 관한 이야기라…… 그렇지 않은가,

당신은 어디 있는가 당신의 미소가 마음에 든다

— 「서랍」에서

1. 태양남자의 이야기와 꼬리

태양남자, 언덕 위에 누워 46억 년 만의 휴식처럼
*에로틱파괴어린*빌리지의 겨울을 내려다보았다

—「*에로틱파괴어린*빌리지의 겨울」 부분

2호선 홍대입구 전철역 6번 출구 앞에서 나는 시인 황병승을 기다리고 있었다. 무더운 여름날이었다. "**태양남자** 애인 하나 없이 46억 년 동안 하루도 빼놓지 않고 지구를 비췄다 왜, 무엇 때문에,

무슨 영화榮華를 누리겠다고. 여름, 일 년에 한 번 나 자신을 강렬하게 책망했다."

"덥네요." 이것이 내가 그에게 건넨 첫 마디였다. 대부분의 첫 만남이 그렇듯이 날씨 이야기로부터 우리의 대화도 시작될 것이었다. 이제 홍대 근처의 한 카페로 화면을 옮겨보자. 천천히 50미터쯤 걸어간 다음의 화면이다. 한 사람은 이야기하고, 또 한 사람은 아, 그랬구나, 그렇구나, 고개를 끄덕이며 어느새 또 다른 이야기의 꼬리를 잡고 있었다.

그리고 루이스 캐롤의 『이상한 나라의 앨리스』의 이런 장면이 간혹 끼어들어도 좋았다.

"그건 아주 길고 슬픈 이야기야!"

생쥐가 한숨을 지었다.

"그래, 네 꼬리가 긴 꼬린 건 분명해. 하지만 왜 슬픈 꼬리(영어에서 이야기tale와 꼬리tail는 발음이 같다. 앨리스는 이야기를 꼬리로 알아들은 것이다)라고 부르는 거지?"

앨리스는 어리둥절해서 생쥐를 내려다보았다. 그리고 생쥐가 말을 하는 동안에도 줄곧 왜 슬픈 꼬리인지 곰곰이 생각을 했다. 그래서 결국 생쥐의 이야기를 꼬리가 이런 모양이라는 의미로 받아들였다.

"내 말을 듣지 않는구나! 도대체 무슨 생각을 하고 있는 거야?"

생쥐가 날카롭게 앨리스를 비난했다.

"미안해. 네 꼬리가 다섯 번 휘어졌지?"

앨리스는 매우 미안해하며 말했다.

"아니야!"

생쥐는 몹시 화를 내며 소리쳤다.

"그럼 꼬리에 매듭이 졌구나!(앨리스는 생쥐가 'not'이라고 소리친 것을 'knot매듭'이라고 잘못 알아들었다) 내가 매듭을 풀어줄게."

길고 슬픈 이야기라고 해도 좋지만 길고 슬픈 꼬리라고 해도, 이야기는 또 다른 모퉁이를 지나고 꼬리는 다섯 번, 여섯 번…… 휘어진다. 얽히고설

키는 꼬리를 억지로 풀지 않아도 이야기는 이어지고 꼬리는 다시 나타나는 것이다. 이야기가 다섯 번, 여섯 번…… 휘어지는 꼬리가 되는 것을, 꼬인 매듭이 되고 홀연히 다른 꼬리가 되는 것을, 그리하여 처음과 끝이 아니라 격렬한 복판을, 그 에너지 자체를 황병승의 시집 『여장남자 시코쿠』는 보여준다.

2. 고백이란 무엇일까

소설책을 즐겨 읽고 영화를 '미친 듯이' 보았다고 했다. "한꺼번에 하루에 소화할 수 있는 최대치의 영화들을 보고 나면, 줄거리와 장면 같은 게 뒤섞이잖아요. 그 혼동을 그대로 며칠이고 몇 주일, 몇 달을 그대로 놔두면 이상한 이야기가 피어오르기도 하고……." 나는 끄덕끄덕했다. 내게도 세 편, 네 편의 영화를 한꺼번에 보면서 그 멀미를 즐긴 시간이 있었다.

그의 시집에는 고백의 인칭으로서의 일인칭이나 고백의 감수성으로는 도저히 거느릴 수 없는 '이야기들'과 스스로 말하는 '캐릭터들'로 가득하다. 나는 그의 시 「고백 기념관」에서 인상적으로 다가온 구절이었던 '고백이란 무엇일까'를 질문으로 삼았다. 모름지기 시인이란 '고백을 하는 자'였기에 문학사의 전통에서 '고백' 그 자체를 물을 수는 없었다. '고백 기념관'이라는 말은 문학의 역사를 가리키는 것으로 전용될 수도 있을 것 같았다. 그와 마찬가지로 나 역시 그 역사 바깥의 주어지지 않은 세계를 더듬고 있으므로,

'고백이란 무엇인가'라는 질문은 내게로 향해져 있는 것이기도 했다. 그는 이렇게 말했다.

"고백을 하되 다른 방식으로 고백하는 문제에 대해 많이 생각해봤어요. '실험'이 아니라 저한테 중요한 것은 '재미'예요. '다른 방식' 자체가 또 다른 '나들'을 끌어내고, 동시에 '내 안의 타자들'이 '다른 방식'을 이끌어가죠. 그들이 '나'의 검열 없이 스스로 고백할 수 있는 자리를 제가 쓰는 시가 만들어줬으면 좋겠어요. 그들이 모여 하나의 세계를 만들도록 말이죠. 이제는 '나'라는 인칭을 쓰면 어쩐지 불편해지기도 해요. 그래서 '그'라고 쓰거나, 이름들을 붙이게 돼죠."

시코쿠, 미츠, 아끼코, 니노셋게르미타바샤 제르니고코티카, 리타, 키티, 메리제인, 쟝, 이쯔이, 혼다, ……. 그 많은 이름들 중에서 가장 마음에 드는 이름은? 우문인 것 같았지만 그냥 물었다.

"음……. 혼다? (「혼다의 오 · 세계(五 · 世界) 살인사건」의 등장인물은 히데키, 리사, 카즈나리, 미호, 노리코, 사부로, 유사쿠, 그리고 혼다. 혼다는 지금까지 열거한 이들의 정원을 관리하는 '나'의 이름이다. 휘파람 부는 호모 렌과 함께 살고 있다.) 혼다는 사건들 속에 거의 존재감을 드러내지 않는 인물이에요. '한 발 떨어져 있는' 인물이죠. 시작메모를 적으면서 '흐지부지 제너레이션'이라는 말을 만들었는데, 한 발 떨어져 있는 혼다의 위치가 바로 그래요. 그건 캐릭터의 성격이기도 해요. 냉소적이지도 다정하지도 않고, 좋은 사람도 나쁜 사람도 아니고, 이도저도 아닌 인물이 혼다예요. 오토바이 상표 같은 게 그의 이름이 된 것도, 그가 어떤 이름을 갖든 상관없다는 의미겠죠."

나는 그가 혼다라는 이름을 꼽았을 때 '흐지부지'보다는 뭐랄까, 어떤 혼돈의 색채를 생각하고 있었다. '흐지부지'의 흐린 시선과 '혼돈'의 파토스는 곳곳에서 만난다. 어쨌든, 분명한 입장이 없이 '흐지부지 제너레이션generation'의 태도를 취하고 있는 '나'라는 서술자는 당연히 이야기의 구심력을 가질 수 없고 가지려고도 하지 않는다. 황병승의 시집에서 '나'의 에고는 거의 사라진다. 그리고 독자들은 혼돈을 강한 매혹과 함께 경험하게 된다.

3. 흐지부지 제너레이션

말꼬리를 잡아, 제너레이션의 감각에 대해 얘기를 나누기로 했다. 먼저, 자신의 나이(그와 나는 동갑내기다)에 대해 어떻게 느끼는지 궁금했다.

"비유를 한다면 이렇게 말할 수 있을 것 같아요. 새가 나뭇가지에 와서 앉으면 늘어진 나뭇가지는 조금 무겁다고 느끼잖아요. 날아가면 또 그 새의 존재를 잊어버리고. 그렇게 문득문득 느껴지고 또 잊게 되는 게 나이 같아요."

No Age. No birds.(여기서 황병승의 시 「no birds」를 잠깐 떠올린 건 앨리스 식의 오해다. '이야기 tale'를 '꼬리 tail'로 듣고, 'not'을 '매듭 knot'으로 받아들였던 것 말이다.) 나이가 세대를 가르는 중요한 표지가 되지는 않는다는 얘기를 했다. 제도적 장치가 나이를 분할하고 관할하는 힘도 급격히 약화되었다. 6·25

세대, 4·19 세대, 386 세대 같은 정치적인 지표가 세대론을 구성하던 힘도 이제는 그리 큰 규정력을 발휘하지는 못한다. 그럼에도 세대차이는 훨씬 더 여러 갈래로 분화되고 높은 벽으로 사람들 사이를 가로지르고 있다. 딱히 나이를 기준으로 하여 대응시킬 수도 없는 이러한 세대감각을 만드는 것은 무엇일까? 유하는 영화 〈말죽거리잔혹사〉를 이소룡 세대에게 바친다고 했다. 비트 제너레이션beat generation, 네팅 제너레이션netting generation, 월드컵 세대…….

"나이의 문제가 아니라 문화적 코드, 혹은 문화적 취향의 차이가 세대감각에 작용하고 있다고 생각해요. 엉뚱한 데로 빠지는 것 같기도 한데, 저는 사람을 만날 때 그 사람이 얼마나 많은 문화적인 이미지들을 가지고 있고, 또 어떤 이미지를 가지고 있는지를 보게 되요. 내가 호감을 가지고 있는 이미지들을 많이 가지고 있는 사람을 만나면 친해지고 싶고, 그렇지 않으면 좀 시큰둥해지고. 혹은 내가 가지고 있는 것들과는 다른 이미지들을 가지고 있지만 그 이미지와 그것에 대한 생각이 매혹적이어서 내게 자극을 주는 사람을 만나는 것도 큰 즐거움을 주죠. 많은 이미지를 갖고 있는 사람이 누군가를 더 많이 이해할 수 있는 것 같아요. 가령, 「부드럽고 딱딱한 토슈즈」라는 시를 쓸 때 『아즈망가 대왕』이라는 만화를 보고 갖게 된 느낌과 뉘앙스를 떠올리고 있었거든요. 그 이미지와 뉘앙스를 가지고 있는 사람들이 그렇지 않은 사람보다 더 감각적으로 아끼코라는 인물에 다가갈 수 있을 거예요."

나 아끼코는 그렇게 하는 것이 나쁘다, 라고 생각하지만
그것은 나빠요 싫은 행동이에요, 라고 말하는 순간
나 아끼코가 더 나쁜 사람이 되고 마는 건 왜일까
그렇다고 침묵을 하면 뭔가 달라질까
그래도 역시 나쁜 사람이 되고 만다

나 아끼코를 초超비참하게 만들지 않는 한
앞으로는 그렇게 하는 것이 꼭 그렇게 나쁘지만은 않다,
라고 타협을 할까 한다

저녁에는 극단劇團의 언니 오빠들과 함께 장어 멍게 해삼을 먹었다
그것들의 공통점은 물에서 산다는 것이지만
그것들이 얼마나 서로를 이해하고 존중하는지는 모르겠다
서로 얼마나 궁합이 잘 맞는 음식인지도
나 아끼코는 모르겠다

장어 한 번 멍게 한 번 그리고 해삼…… 이렇게 순서대로 먹었다 계속해서
뭔가 석연치 않으면서도 나 아끼코는 한껏 온화한 표정으로

건배를 하고 뉴스를 보며 오물오물 수다를 떨었다

아끼코 상! 아끼코 상! 그렇게 하는 것이 나쁘다고 말하는 사람은
아무도 없었다

다들 그렇게 하는 것이다
다들 그렇게 한다는 것은 그것이 머리의 차가움을 유지하는 데
도움을 주기 때문이 아닐까
비옷을 입은 기자는
장마통에 집이 무너져 사람들이 깔려 죽었다고 전한다
나 아끼코에게 집이라는 건 빗소리를 듣기에 참 좋은 장소인
데……
비 때문에 집이 무너지고 사람들이 깔려 죽었다는 보도는
언제 들어도 즐거움과 초재미를 준다.

이렇게 나는 그냥 「부드럽고 딱딱한 토슈즈」를 다시 소리 내어 읽어보기로 한다.

이미지는 제2의 자연(실체)이다, 라고 나는 어떤 글에 쓴 일이 있었다. 이미지는 국경과 언어의 경계를 넘어 너무 가까운 자연이 되었다. 그래서 우리들은 황병승이 쓰는 외국어나 외래어들을 이국적인 환상이나 취향이 아니라 자연적인 감각으로, 문화적인 감각과 코드로 '그냥' 느낀다.

4. 내 이름은 빨강

밤낮없이 땅을 파내려갔습니다 꽃삽을 들고. 나는 달고 맛있는 꿈을 꾸었죠(1980-) 지상에서 멀어질수록 달고 맛있는 건 참 많구나, 나는 이름들을 기억하느라 머리가 아팠죠(1987-) 오늘밤은, 두통 속에서 어느덧 지구를 한 바퀴 빙 돌아 처음으로, 텅 빈 집터로 다시 돌아왔습니다(1994-) 스물다섯, 눈을 조금 떴고 귀가 먹었죠,

침묵을 모르는 여자의 순간적인 침묵처럼(1997-)

—「어린이_행진곡」 부분

"어린이를 좋아하세요?" 내가 묻고,

그가 말했다. "굉장히 싫어해요. 괴물 같아요. 끝없이 뭔가를 먹어치우고, 탐욕스럽게 달려들고, 자기밖에 모르고, 계속해서 투정부리고 요구하고……."

"그 어린애가 병승 씨 '안'에 있는 건가요?" 나는 아, 그렇구나, 하면서 다시 묻고,

그는 말했다. "그렇죠. 제 안의 한 부분을 차지하고 있죠."

그렇게 괴물 같은 어린애들과 싸우고 울고 서로를 달래고, 그러다가 문득 어린이의 얼굴을 하고선 '달고 맛있는 꿈'을 꾸며 땅을 파내려가기도 하

는 것이다.

> 새들은 무거운 음악을 만드느라 늙지도 못했네
> 언제나 늘 누이들의 젖은 치마가 빨랫줄을 늘어뜨리던 시절
>
> —「너무 작은 처녀들」에서

또 다른 서랍을 열듯이, 사춘기 시절의 엽서들을 꺼냈다. "그때는 늘 울랑말랑하면서 지냈어요. (나는 '울랑말랑'이라는 말을 입 속에서 굴려 보았다.) 소심하고 계집애 같았죠. 의기소침의 정도가 심해서 얼굴이 빨개지는 병에 시달렸어요. 지금은 거의 증세가 사라졌지만, 20대 중반까지 느닷없이 심하게 얼굴이 붉어지곤 했죠. 알 수 없는 죄의식 같은 것이 열기를 동반하고 얼굴을 향해 올라오는 듯한 느낌을 자주 받았어요. 내가 하지도 않은 일에 있어서도, 그리고 내가 아닌 다른 사람이 욕을 먹고 있는 상황인데도, 마치 끝없이 내가 추궁을 당하고 있는 듯한 강박감에 시달렸죠. 무의식으로부터 솟아난 정체모를 죄책감이 끊임없이 나를 자극하고 구석으로 내몰았던 것 같아요. 늘 고개를 숙이고 다녔고 어깨는 구부정했죠. 그런 소극성 한편으로 억눌린 표현욕망이 시간이 지날수록 점점 커졌는데, '노는 애들'을 보면 한편으론 한심해보였지만, 한편으로는 부러웠어요. 내가 표현하지 못하는 것들을 그 애들은 아무렇지도 않게 표현했으니까요. 그래서 어느 날부턴가 '놀아보자'가 되었고, 조금씩 어긋나기 시작했죠. '날라리'라는 포즈를 취하고 있으면 뭐든 표현하기가 편했으니

까 그 포즈가 필요했던 거죠. 고등학교 1학년 때 자퇴를 했어요."

내게는 그가 독자들에게 보여준 첫 번째 시(등단작) 「주치의 h」의 몇몇 구절이 스치고 지나갔다. 이를테면, "h는 수첩 가득 나의 잘못들을 옮겨 적었고 / 내가 고통 속에 있을 때면 그는 수첩을 열어 천천히 음미하듯 읽어주었다." 혹은, "아버지와 어머니 사랑하는 누이가 식사를 하고 있었다 큰 소리로 웃고 떠들며 더 크고 많은 입을 원하기라도 하듯 눈이 있어야 할 자리에 귀에 이마에 온통 입을 달고서 / 입이 하나뿐인 나는 그만 부끄럽고 창피해서 차라리 입을 지워버리고 싶었다." 혹은, "그러나 같이 늙어가는 나의 의사선생님은 여전히 똑같은 질문으로 나를 맞아주신다 / 이보게 황형. 자네가 기르는 오리들 말인데, 물장구치는 수준이 어느 정도라고 생각하나? / 낡고 더러운 수첩을 뒤적거리며 말이다."

'얼굴이 빨개지는 병'이라면 나한테도 사춘기 시절의 극복할 수 없을 것 같은 장애였다. 적면공포증赤面恐怖症이라는 용어를 이윤기의 소설 「나비넥타이」에서 읽은 적이 있다. 적면공포증 성향이 있는 자는 얼굴이 붉어지는 것에 공포를 느낀다. 이것은 타인의 시선에 대한 부끄러움(수치)이 아니라, 내 자신의 얼굴, 그러니까 내면적 혼란을 외설적으로 노출시키는 내 얼굴에 대한 공포랄 수 있을 것이다. 얼굴이 붉어졌다는 것을 느끼자마자 걷잡을 수 없이 '붉음'(부끄러운 감정)은 증폭된다.

'내 이름은 빨강'은 오르한 파묵의 소설 제목이면서 황병승의 시 제목에서도 찾아볼 수 있다. "붉은색은 나를 뜻한다"(「서랍」)라는 시구절과 함께 나는 '내 이름은 빨강'이라는 표현을 되뇌어본다. 그에게 붉은색은 트라우마이고, 부끄러움이고, 뜨거움이고, 혼돈이고, 폭발적인 에너지가 아닐까?

> 우리는 똥이 막 나오려고 하는 순간의 감정, 이 세상에서 가장 부끄러운 감정으로 음악을 만들었네 사라지려는 힘과 드러내려는 힘의 긴장 속에서 악기를 연주하고 노래를 불렀지 우리가 생각하는, 우리들만의 익스페리멘틀experimental이라고, 라고나 할까
>
> —「밍따오 익스프레스 C코스 밴드의 변」 부분

5. 밍따오 익스프레스 C코스 밴드의 변

초등학교 시절의 그는 밝고 인기 많은 아이였다는 말을 덧붙였다. 아이들 앞에서 일종의 퍼포먼스를 펼치곤 했단다. '사라지려는 힘과 드러내려는 힘의 긴장', 그 이질적인 힘들이 그를 찬물로 씻은 듯이 조용하게 하고 어느새 뜨거운 무대로 끌어내곤 하는 것 같았다. 그는 시를 쓰고, 그 만큼의 쾌감을 느끼면서 음악을 만들고, 그에 못지않은 흥분감에 싸여 색깔을 만든다고 했다. 작곡과 그림은 주로 컴퓨터 작업을 통해 이루어진다. 음악과 그림 얘기를 꺼내자, "얘기를 해주는 사람도 없고, 내놓을 만한 것도 아니에요, 습작 수준의 것이죠"라고 했지만 그에게 중요한 것은 프로페셔널이 아니었다. 시를 쓸 때의 굉장한 기쁨과 흥분에 맞먹는 것이라면, 하는 것이다.

문화웹진 '이스끄라'를 찾아가면 그의 전자음악과 함께 앨범재킷 같은 그의 그림판을 만나볼 수 있다. '트위들덤'이라는 인디밴드는 서울예대 시절 합주실에서 같이 작곡을 하고 연주하고 노래하던 친구들이라는 인연이 있다. "우리는 트위들덤 너희는 트위들디, 트위들덤 앤 트위들디, 투게더 덤."(트위들덤과 트위들디, 이 쌍둥이는 루이스 캐롤의 『거울 나라의 앨리스』에서 이렇게 등장한다. '그들은 어깨동무를 하고 나무 아래 서 있었다.') 트위들덤의 데뷔앨범 『탐구생활』의 14곡 중에는 황병승의 시 「앨리스 맵map으로 읽는 고양이 좌座」에서 발췌되어 만들어진 〈이상하게 예쁘게〉라는 곡이 있다.

그녀는 창문을 향해 여왕처럼 걷는다
우리는 이상하게 예쁘게 지구에 남아
그녀는 울고 나는 듣는다
밤풍경을 바라보는 쓸쓸한 궤도에서
……

— 트위들덤의 앨범 〈탐구생활〉 트랙 10

"앰프에서 뿜어져 나오는 소리를 듣고 있으면 말할 수 없는 흥분이 느껴져요. 몇몇 친구들이 모여서 '잼'이라는 형식으로, 그러니까 다른 사람의 노래를 카피하는 것이 아니고 즉흥적으로 몇 개의 코드 안에서 자유롭게 보컬을 집어넣거나 애드립으로 기타를 치고는 했는데, 참 재밌었어요. 시 쓰는 것만큼이나. 요즘은 주로 혼자 집에서 음악 같은 것(?)을 조금씩 만들어요. 제가 많이 듣고 또 해보고 싶은 음악은 인디락, 일렉트로니카나 익스페리멘탈 계열의 음악이에요. 이 장르의 음악들은 꼴라주적이고 자유로운 곡 구성 속에서 여러 가지 재미있는 실험을 할 수 있다는 점이 좋은 것 같아요. 그리고 가창력과 상관없이 읊조리듯 흥얼거리듯 (물론 가창력이 뛰어난 보컬도 있지만 뭐, 음치도 괜찮죠) 노래하죠. 인디 정신이라는 것이 '네 스스로 해라 혹은

〈탐구생활〉 앨범 자켓

네 멋대로 해라'이거든요. 락의 프로페셔널리즘에서 벗어나 뛰어난 가창력, 일렉트릭 기타의 현란한 속주, 고가의 악기나 장비 없이도 해보는 거죠. 녹음할 때도 홈레코딩으로 '로파이'의 허접한 느낌을 그대로 살린다든가, 하는. 시도 그런 식으로 써보고 싶기도 하고, 또 자극도 많이 받고 해요."

> 우리는 우리의 첫 앨범을 들으러 온 프렌드십들과 함께 양초를 여러 개 켜 놓은 방에 둘러앉았네 그 모습은 마치 거인족이 사는 마을의 약간 기울어진 구름 모양을 닮았다, 라고 말하면 좀 이상하게 들릴 수도 있겠지 밴드의 막내 요시다는 시디를 돌렸고 첫 트랙의 느린 멜로디가 흐르자 그곳에 모인 약간 기울어진 모양의 구름들은 서서히 엉겨붙기 시작했네 우리는 표정으로 서로의 마음을 다 읽었어 크고 작은 구름들이 커다란 산맥을 향해 천천히 몰려갔으니까, 밍따오들
>
> —「밍따오 익스프레스 C코스 밴드의 변」 부분

6. 세상의 모든 색깔과 제5 세계

"좋아하는 색깔이 뭐예요?"라고 물었는데, 그는 "색은 다 좋아해요"라고 말했다. 그 대답은 퍽 인상적이었다. 이제 우리의 대화의 주제는 색깔이다. 여기서는 「내 이름은 빨강* 마리오는 여름」이라는 시 한 편을 붙여 두고, 어

어폰을 귀에 꽂고 녹음된 그의 음성을 다시 듣기 시작한다.

양미간을 찌푸린 중년의 여자 — 고통을 의지로 이겨내려 한다
슬픔 가득한 눈빛의 소녀 — 고통이 물러가기를 기다리고 있다

이리안은 사랑하는 마리오의 계속되는 발길질에
얼굴을 일그러뜨렸고
마리오는 굉장히 화를 냈다

트랭퀼라이저tranquilizer는 상상력이 멈춘 지점에서 길을 물처럼 흐르게 한다

아버지를 만든 건 상상력이다

물 속으로부터 저 깊고 어두운 물 속으로부터

아직도 나는 앰프와 스너프 필름을 원한다

소녀와 여자 — 고통에 사로잡혀
거리의 부랑자들 — 고통으로 뒹굴며

마리오는 사나워진 손길로 이리얀의 목을 눌렀다

변사체 — 언제나 얌전한 소녀들처럼

이리얀은 음악에 푹 빠져 있었다

＊오르한 파묵의 소설

“색에 대한 시를 제대로 한번 써보고 싶어요. 전에 몇 편 써보긴 했지만, 색이 가지고 있는 어마어마한 에너지와 파장, 황홀함, 미묘함, 그 감정들에 비하면 색에 대한 실례가 아니었나 싶어요. 그림 그리는 사람이나 디자이너들이 존경스럽게 느껴질 때가 있어요. 색을 만들어내고, 하나의 색이 다른 색과 만나고, 또 어떤 무늬를 이루어내고……. 패션쇼를 보면서 자극을 많이 받아요. 색과 무늬들, 그리고 그것과 잘 맞아떨어지는 디자인이 구현해내는 아름다움은 굉장한 것이라고 생각해요.”

나는 때때로 나를 찾아오던 황홀한 악몽의 색채들을 떠올려보았다. 마치 죽음과도 같이, ‘음악에 푹 빠져’ 있듯이 그 색채에 잠겨 있었던 것인데, 몇 번이나 그 색채에 대해 시를 써보려고 했지만 도무지 되질 않아서 포기했다. 그러나 나를 잠이 든 상태 그대로 일으켜서 어딘가로 무작정 걸어나가게 하였던 그 색깔은, 그 색깔의 바다는 여전히 나를 출렁이게 하고 있는지도 모르겠다. 그와 얘기를 나누면서 어떤 출렁임에 대해서 생각했다.

이제 얘기는 다른 꼬리를 잡는다. 그의 시를 빌린다면, "녹색 녹색 긴 팔을 하고 너는 왜 다른 색이니!"(「녹색바다 고무공 침팬지와 놀기」)라고 말하는 위협적인 목소리들이 밀어내고 있는 다른 존재, 소수의 욕망들에 대해 얘기해보기로 했다.

말하자면, 소수의 욕망이 위험한 것이 아니라, 모든 욕망이 닮았다는 것, 모두 동일한 욕망에 사로잡혀 있다는 것이 끔찍한 것이 아닌가? 돈과 섹스, 지극히 유형화된 틀 안에서 생산되고 소비되는 그 욕망의 두 축이 배제하고 주변화하고 뒤틀리게 하는(금지가 변태를 낳는다) 소수의 특이한 욕망들이 밝은 소통의 장에서 꽃필 수 있다면 이 딱딱한 세계를 활성화하는 능동적이고 창조적인 벡터가 될 수 있지 않을까?

그는 이렇게 덧붙였다. "이건 좋고 저건 나쁘다하는 식으로 계속해서 구분하고 기준을 설정하고 강요하는 것이 사람들의 상상력을 억압하고 좁히는 것 같아요. 그래서, 이를테면 게이들이나 드랙퀸을 바라보는 억압된 사람들의 상상력은 극히 빈약할 수밖에 없죠."

나는 그와의 인터뷰를 끝내면서, 세계를 반영하기보다는 세계를 만들어내려는 열망과 열정이 강한 시인이라는 인상을 받았다고 말했다. 그는 이 말을 이렇게 풀어주었다. "언젠가 준비가 되면, 제가 만들어낸 캐릭터들이 하나의 시적 공간 안에 모두 등장하는 그런 시를 써보고 싶어요. 서로 뒤섞이고 떠밀고 욕하고 사랑하고 죽이고 괴로워하는, 혼돈으로 들끓는 세계를 그려보고 싶어요."

그러나 나의 악기는 아직도 어둡고 격렬하다

그대들은 그걸 모른다, 라는 말밖에 할 수가 없구나

그때 그대들을 나무랐던 만큼 그대들은 또 나를 다그치고
나는 휘파람을 불며 가까스로 슬픈 노래의 유혹을 이겨내고 있는데
오늘 밤도 그대들은 나에게 할 말이 너무 많고
우리는 함께 그걸 나눠 갖기는 틀렸구나, 라는 말밖에 할 수가 없구나

불의 악기며 어둠으로부터의 신앙信仰……
그렇다, 나는 혼돈의 음악을 연주하는 대담한 공주를 두었나니
고리타분한 백성들이여,
기절하라! 단 몇 초만이라도
내가 뭐, 라는 말밖에 나는 할 수가 없구나

저기 붉은빛이 방문하고 푸른빛이 주저앉는다,
라는 암시밖에는 할 수가 없구나.

—「왕은 죽어가다」 전문

인터뷰 뒤에 이어진 자리는 그의 첫 시집 『여장남자 시코쿠』와 이민하 시인의 첫 시집 『환상수족』이 나온 걸 축하하는 작은 파티 자리였다. 홍대 근처의 카페 '바다비'는 간판이 없었다. 간판 없이도 '바다비'라고 불리는, 푸른 물감이 엎질러진 듯한 곳에 모인 이들은 모두 '약간 기울어진 모양의 구름들' 같았고 즐거워보였다. 하정임 시인이 몇 장의 사진을 찍었다. 이 사진에서 황병승 시인은 자신의 시 「메리제인 요코하마」를 읽고 있다. (2005년 7월 20일)
그리고 이제 책을 내면서 추신처럼 덧붙이자면, 2007년 9월에 황병승의 두 번째 시집 『트랙과 들판의 별』이 나왔다.

이원

꿈의 뿌리는 몸에 있고 몸의 뿌리는 꿈에 있다

1968년 경기도 화성 출생. 서울예대 문예창작과 및 동국대 대학원 문예창작과 졸업. 1992년 「시간과 비닐봉지」 외 3편을 『세계의 문학』에 발표하여 등단. 시집으로 『그들이 지구를 지배할 때』(1996), 『야후!의 강물에 천 개의 달이 뜬다』(2001), 『세상에서 가장 가벼운 오토바이』(2007). 현대시학작품상, 현대시작품상 수상.

뿌리가 없다는 사실을 인정한 날 밤부터 잠이 오기 시작했다 두 다리는 뿌리가 아니라는 사실을 길이 확인시켜준 다음날부터 꿈이 찾아오기 시작했다 꿈의 뿌리는 몸에 있고 몸의 뿌리는 꿈에 있다는 사실을 다리가 말한 다음날부터 먼 곳이 보이기 시작했다 어디든 갈 수 있다는 사실이 나다 세계는 푸르거나 검다는 것을 인정한 다음날 아침 신발을 신었다 누가 원하는지 문밖에는 공기가 지천으로 깔려 있다 나는 푸른 세계의 한 부분에도 속해 있다 문을 열어젖히고 밖으로 걸어나왔다 나는 모래와 길의 세계에도 속해 있다 나는 어디에서도 접속 가능하다

—「실크로드」에서

1. 그 여자의 편지

지상에 햇빛이 가득해도,

요란해질 수는 없는,

적멸에 가까운

가을이어서,

우리가 만나는 시간도,

나직하리라 믿고 있어요.

기억해요.

2001년 시집 나와서 보냈을 때,
행숙씨가, 내게 보낸 메일의 제목이
'이상한 에너지'였어요.
내가 보낸 주소가 그리 정확하지 않았는데,
행숙씨에게 찾아갔다고 했어요.
그리고 4년이 지났어요.

입 밖으로 나가는 말에 대해
내 스스로 믿음을 갖고 있지 않은 탓에,
마음과는 별도로
사람 만나는 일이 쉽지는 않아요.

그냥 밥 먹고 차 마셔요.
나는 논리적이지 못해서,
준비 같은 거 못해요.

미술이나 사진 전시 보는 게
게으른 내가 제일 좋아하는 일이에요.
보고 싶어요, 그 그림!

금요일 12시, 교보 근처에 도착해서
전화할게요.
교보가 사라졌다면,
서쪽으로 걸어와요,
나도 서쪽으로 걸어가고 있을 테니,
우리는 만날 거예요.

이원 시인과의 만남은 3일 전에 내 메일함에 도착해 있었던 편지로부터 이미 시작된 느낌이었다. 아니, 2001년 그녀의 두 번째 시집『야후!의 강물에 천 개의 달이 뜬다』가 정확하지 않은 주소를 건너서 신기하게 내게 도착했을 때부터, 그리고 내가 그녀에게 '이상한 에너지'에 대해 말을 건넸을 때부터, ……, 우리는 약속 없이 불쑥 만나자는 말을 주고받았던 것 같다. 나는 그녀의 시집을 읽고「우리는 언제나 조금 더 길을 가야 한다」(이원이 쓴 시 구절이다)라는 제목으로 짧은 감상문을 쓰게 되었다. 그녀는 답장을 보내왔는데, 그녀가 쓴 '우리'라는 말은 나를 포함하고 있는 것이었다. 그녀는 그렇게 나의 등을 두드려주었고 나는 위로받았다고 느꼈다. 나는 이따금 '우리는 언제나 조금 더 길을 가야 한다'고 독백인 듯 대화인 듯 중얼거렸다. 그 후 사람들이 아주 많은 곳에서 세 번쯤 만나기도 했지만, 그녀와 독대하여 밥 먹고 차 마신 적은 없었다.

에드워드 호퍼, 〈Chop Suey(중국음식점)〉, 1929.

그녀는 한 사람하고 만나면 진지한 얘기만 하고, 세 사람 이상 모인 테이블에서는 농담만 한다고 했던가. 모든 글이 말보다 정직한 것은 아니지만, 적어도 이원은 자신의 글을 자신의 말보다 신뢰한다. "적어도 글을 쓸 때에는 과장(오버)하지 않으려고 하니까요."

그녀는 사인펜으로 원고(짧은 시뿐만 아니라 긴 산문도)를 쓴다. 첫 시집을 묶기 이전엔 컴퓨터로 글을 썼는데, 활자화된 글씨를 바로 보니까 어쩐지 잘 써 보여서 덜 고치게 되는 것 같아 다시 사인펜을 쥐게 되었단다. 시를 쓸 때는 어린 시절 손톱을 깨물었던 것처럼 사인펜 뚜껑을 깨물면서(나는 컴퓨터 앞에 앉지 않으면 글이 써지지 않는 사람이지만 필기도구의 꼭지를 깨무는 버릇이 있는 건 그녀와 마찬가지다) 종이에 몇 번씩 옮겨 쓰기를 하고, 어느 정도 꼴이 만들어지면 자판을 두드려 컴퓨터에 심는다. 그리고 프린트로 계속해서 뽑아보면서 다시 고치기를 반복한다고 했다. 이 과정에서 지워지는 것 중의 한 가지가 말에서는 미처 지워지지 못했던 감정의 과장 같은 것이 될 것이다. 그녀는 그럴듯해지지 않기 위해, 고통을 합리화하지 않기 위해, 지지부진함을 변명하지 않기 위해 노력한다.

"시를 쓰면서부터 더 이상 나를 속일 수 없게 됐어요. 시가 나 자신을 들여다보게 했으니까요." 그녀는 '눈이 내부로 뚫린 종족'(「사막을 위한 변주」)이다.

나는 시에다 "왜 내게서 나간 것들은 과장될까요?"라고 쓴 적이 있다. 그녀는 첫 시집(『그들이 지구를 지배했을 때』, 1996) 뒷날개에 이렇게 썼다.

> 무겁다, 는 마음이 절절할 때 나는 무겁다, 라고 시쓰지 않았다. 그냥 무겁다, 는 말 속으로 들어가 며칠이고 살았다. 무겁다, 는 말이 가는 곳은 어디든 따라갔다. 그러다 나직이 그러나 쓰라리게 그 안에 나를 방목했다. 내가 그 풍경을 바라본 것이 아니었다. 나는 그냥 그 일가로 살았을 뿐이다.

무겁다, 라고 시쓰지 않았으나, 그녀의 시에 남는 '무거움'을 나는 신뢰한다. 다시 그녀의 글을 빌리면, 그녀의 몸이 아픈 것은 "'존재에 대한 성찰과 반성'을 하지 못했기 때문이 아니라 '존재에 대한 성찰과 반성'을 했기 때문이다."(두 번째 시집의 뒷날개에서)

나는 한 사람, 오늘은 그녀와 밥 먹고 차 마시기로 한 그 금요일이다. 내 가방에는 화집이 한 권 들어 있었다. 나는 교보문고에 들러서 그것과 같은 화집을 사서 그녀에게 건넬 참이었다. 내게 에드워드 호퍼(1882~1967)의 그림은 그녀가 언젠가 '마네킹'한테서 위로받았다고 썼던 글을 떠올리게 했다. 그래서 나는 그녀에게 보여주고 싶은 그림이 있다고 하였던 것이다.

> ……느릿느릿 걷다 정면으로 얼굴을 마주친 마네킹과 셔터를 사이에 두고 한참을 쳐다보았다. 그러면 세상은 조금 더 내게 막막해도 괜찮고, 내가 상처라고 느끼는 것들은 조금 더 덧나도 괜찮고, 집은 여전히 따뜻하다고 느끼지 않아도 괜찮을 것 같았다. 마네킹을 들여다보고 있으면 과장되지 않은 생의 시간이 내게 다가오는 것 같았다. ……그 시절 나는 마네킹들에게서 많은 위로를 받았었던 것 같다. 어쩌면 그 표정 없는 아니 표정을 안으로 감춘 마네킹들이 그 시절의 내 모습 같아서 그랬는지도 모른다. 또는 과장되지 않는 그들의 얼굴이 생의 진실에 가까울 수도 있다고 생각했었는지도 모른다.
>
> — 자전에세이 「이제 세상은 월요일, 오후의 시작」에서

에드워드 호퍼, 〈Nighthawks(밤을 지새우는 사람들)〉, 1942

그녀가 그렇게 마네킹과 대면하였던 거리는 아직 준비되지 않은 시간의 명동이거나, 어둠과 함께 텅 비어 버린 명동이었다. 남산시절의 서울예대를 다닐 때 그녀의 등굣길, 하굣길이 되어 주었던 명동에서 그녀는 그 마네킹을 만났다. '아직' 철제 셔터가 내려져 있거나 '이미' 셔터가 내려져 있는 시간, 그 시간을 그녀는 도시의 목적과 용도가 사라진 시간이라고 지칭했다.

"왜 그런지는 모르겠어요. 철제 셔터가 내려진 골목 혹은 차들이 다 빠져나간 주차장 같은 장소에 어쩌다 서 있게 되면, 내가 지금 여기서 살고 있구나, 뭐 그런 느낌이 먹먹하게 만져질 듯이 다가와요. 용도에 맞춰진 도시의 복판, 그런 북적거림과 소음 속에서는 한 번도 느낄 수 없었던 존재감이 밀려오는 것이죠."

호퍼의 그림 〈Nighthawks〉에서의 시간과 골목은 도시의 침묵을 보여준다. 화면에서 빛은 둥글게 휘어지는 바의 유리창을 통해서만 쏟아지고 있다. 저 전면 유리창을 통해 보여지는 몇 명의 사람들의 딱딱한 얼굴과 딱딱한 어깨와 어둠에 패인 등은 표정을 안으로 감춘 표정을 하고 있다. 그녀의 말대로, 나는 조금 더 막막해져도 괜찮을 것 같다.

> 그리움에 지친 날은 마네킹도
> 발뒤꿈치가 올라간다
> 열두 개의 까맣고 딱딱한 조명 아래
> 한 손은 허리의 긴장을 받치고
> 다른 한 손은 이마의 전율을 누르고
> 언제까지나 팽팽할 몸은 그림자에게
> 쏟아져내린다 그림자 속으로
> 한쪽 다리가 휘어진
> 의자의 세계가 고단할 때
> 로비의 전면에 걸린 시계가

여섯 번 차갑게 무너지는 소리를 낸다

—「쇼윈도」 부분

2. 몸이 열리고 닫힌다

몸은 열리고 닫히지 않는다. 그러나, 아니 그래서 이원은「몸이 열리고 닫힌다」고 쓰는 것이다. 또한 그녀는 "입: 몸을 벗어버리고 싶은 간절한 구멍 몸: 입을 메워버리고 싶은 간절한 무덤"(「몸 밖에서 몸 안으로」)이라고도 썼다.

"내게 이 세계에 대한 분명한 감각은 부조리에요. 그리고 가장 부조리한 것이 몸이라고 생각해요. 도대체 이상한 생각들이 수도 없이 일어났다가 스러지는데, 통제할 수가 있나, 열어볼 수가 있나, 들여다볼 수가 있나, 이건 몸한테 쩔쩔매는 꼴인 거죠. 하다못해 전자제품 같은 것도 열어볼 수 있는데 말이죠. 안 열리니까 열리고 닫히는 것을 욕망하게 되는 것 같아요. 하루에 인간의 몸에서는 평균 6만 가지 생각들이 떠올랐다 사라진다고 해요. 어느 날 아침 문득 의식하게 되죠. 내가 하고 싶은 생각을 하는 게 아니라 느닷없다고 밖에 말할 수 없는 이상한 생각들이 계속해서 짜깁기되고 있고, 나는 심하게 피곤하지만 어쩌지 못한다는 걸. 어디다 떼버렸으면 좋겠지만, 그럴 수도 없고." 그녀는 스스로를 신경이 부실한 사람이라고 했는데, 이 부실함을 다르게 말하면 몸에 대한 예민함이라고 할 수 있을 것이다.

내가 그녀의 시를 아프게 읽었던 지점에는 보이지 않는 것들을 보는 것이 아니라 만지고 있는 그녀의 몸이 있었다. 말하자면, '촉각적인 시각'을 그녀는 갖고 있다. 그녀가 현실을 구부리고 구기고 자르면서 이미지를 만들어 낸다면, 그 이미지에는 기법으로서의 '낯설게 하기'나 수사학적인 왜곡에 앞서 더 근본적으로 그녀의 촉각적인 시각이 작용하고 있다. 이러한 몸의 감각은 관념 혹은 통념의 세계에서는 탈락된 감각이다.

초등학교 2학년 과제
공기에 대해 아는 것을 모두 쓰시오

아이는 쓴다

공기는 보이지 않는다
공기는 냄새가 없다
공기는 만질 수 없다
공기는 색깔이 없다
공기는 모양이 없다

오 참을 수 없는 존재의 가벼움!

—「과제」 전문

왜 '공기'에 대해, '참을 수 없는 가벼움!'에 대해 「과제」라는 제목을 붙였을까. 대답을 대신하여(대신할 수 없을 것 같지만), 다른 공기에 대해 살펴보자. 그녀는 공기를 몸으로 느낀다. "공기가 육친처럼 불편하다", "공기의 고단한 발바닥", "몸이 공기를 점자처럼 읽는 것을", "유리 같은 공기가 자꾸 걸리다", "이곳에서는 허공을 만질 수는 있어도 서로의 몸이 만져지지는 않습니다", "레고블럭 같은 공기들은 허공에 끼워지고 있다", "철근은 언제부터 허공을 견디고 있었기에 / 허공은 언제부터 철근을 품고 있었기에", "밤의 흐린 불 속에 / 공기가 철근처럼 삐죽삐죽 뽑혀져 있다", "공기는 물기가 모두 증발한 / 그들을 드릴처럼 쑤셔댄다" 등등의 표현들. 오, 참을 수 없는 존재의 무거움!

"나는 가벼워지고자 하나 무거운 몸을 갖고 있어요. 아직은 공중 부양이 잘 안 돼요. 지금은 견뎌야 하는 땐데, 지구력과 참을성이 딸려서……"

말끝을 흐렸지만, 그녀는 그 몸으로 언제나 조금 더 길을 갈 것이다. 그녀는 시를 쓰는 어떤 순간을 '작두 타는 때'라고 표현한다. 그녀는 홀연히 가벼워지는 것이다. 이때 가벼움은 무거움의 반대말이 아니고, 무거움은 가벼움을 배제하지 않는다.

그녀는 예대 시절에 소설 숙제를 최인훈 선생에게 내놓았다가, 자네는 말줄임표가 너무 많네, 라는 스승의 일침을 받았다고 한다. 15매 원고를 30매 분량으로 바꾸어놓은 말줄임표였다니, 정말이지 지당한 말씀이었다. 오규원 선생님의 시창작 수업 시간에는 말줄임표가 아니라 너무 많은 말이 문제가 되었다. 그녀의 시쓰기에 있어서 결정적인 계기가 되었던 사건, 그 장면은 그녀에게 지금도 강한 심리적인 인상으로 남아 있다. 현대시학작품상 수상과 관련하여 쓰게 된 「수상시인이 풀어 쓴 시인 연보」에서도 등장하게 되는 장면이다.

> 오규원 선생님이 강의하시는 2학년 시창작실습 시간에 기형도의 「위험한 家系 · 1969」와 유사한 「小曲」이라는 시를 16절지 2장 분량으로 써내다. 그 자리에서 감상적인 부분을 직접 지워보라는 선생님의 말씀에 얼굴이 상기된 채 한 줄씩 지워나가다. 결국에는 16절지 반 장 정도밖에 남지 않다. 그 시간 이후 거짓말처럼 아버지의 부재를 인정하게 되고, 더 이상 집이 춥지 않게 느껴지다. 그 누구도 치유해주지 못했던 상처를 시가 치유해준 이 경험으로 시를 쓰겠다는 결심을 하게 되다. 90년 2월 서울예대를 졸업하다.

그녀는 자신의 손으로 직접 감상과 부끄러움을 걷어내면서 아버지의 부재를 확인하고 인정하게 되었던 것이 아닐까. 그녀는 붉은 사인펜 때문에 핏빛이 된 「小曲」이란 시(단 두 연으로 남은 시)를 아직도 간직하고 있다고 했다. 나는 이원의 연대기의 이 인상적인 장면에서 그녀의 다음과 같은 시 구절을 떠올리고 있다. "뿌리가 없다는 사실을 인정한 날 밤부터 잠이 오기 시작했다 두 다리는 뿌리가 아니라는 사실을 길이 확인시켜 준 다음날부터 꿈이 찾아오기 시작했다 꿈의 뿌리는 몸에 있고 몸의 뿌리는 꿈에 있다는 사실을 다리가 말한 다음날부터 먼 곳이 보이기 시작했다."(「실크로드」)

나는 시를 쓰게 되면서 강해지는 느낌, 뭐랄까 단련되는 느낌 같은 것을 받았다. 그 느낌이 나쁘지 않았다. 그녀는 나의 모호한 고백에 이어 말했다. "그래요. 조금 더 고립되어도 괜찮을 것 같고, 조금 더 다른 목소리로 말해도 될 것 같고, 조금 더 다른 곳을 보아도 될 것 같은 무모한 열정(용기) 같은 게 생기게 되죠. 시를 쓸 때는 충만해져서 아무것도 필요한 것이 없어지잖아요. 인생, 뭐, 있어? 이렇게 작두 타는 순간이 있으면 됐지. '고통의 축제'(정현종 선생의 시 제목을 빌려) 같은 순간, 고통이 축제고 축제가 고통인 순간엔 힘이 들지 않아요. 시로 들어가기 전이 힘들지. 시쓰는 몸이 되지 않을 때는 힘들어요."

시쓰는 몸이 되어갈 때, 내 몸에 일어나는 증상은 몸이 미세하게 갈라지는 것 같고, 정전기가 일어나는 것 같고, 공기가 희박해지는 것 같고, 조금 뜨는 것도 같고, 대체로 산만해지는 것 같다고 말했다. 그녀는, 마음보다 몸이 앞지른다고 해야 할까, 그래서 조심해야지 하는 순간 몸이 이미 거기 가 있어서 각이 있는 곳에 자주 부딪힌다고 했다. 약을 먹어야지, 하면 이미 입에 약이 들어가 있다는 건데, 물은 받아놓지도 않은 상태에서 말이다. 어쨌든, 우리는 시와 몸이 만나는 순간에 대해 이야기를 나누었다.

그녀는 오는 길에 라디오에서 들었다는 신세대 해금 연주자의 말을 옮겼는데, 그러니까 "내 몸은 그렇지 않은데 해금한테 그렇게 하라고 할 때, 해금한테서 그 소리가 안 나와요. 그건 해금이 잘못한 게 아니에요. 제가 잘못한 거죠." 이 말의 요지는 해금을 인간처럼 대한다는 것이었다. (그래서 방송 진행자의 썰렁한 농담 한 마디, "걔 이름이 금이로구나.") 시에 대해 말하자면, 욕망만으로 언어를 운용할 수는 없다는 것. 욕망과 함께 언어가 움직여주어야 한다는 것. 내가 전적으로 시를 만드는 것이 아니라, 시가 나를 일으켜주기도 한다는 것. 그럴 때, 시가 그렇게 있다는 건 옆에 사람이 하나 있는 것같이 느껴진다고 했다. 내 몸이 지루하게 견디고 있을 때 문득 시가 나를 일으켜준다는 말은 그녀의 믿음이자 경험이기도 했고, 선배, 길을 먼저 걸어간 자가 내 등을 다시 한번 두드리며 하는 말이기도 했다.

"지루함을 통과해야 하고, 그것을 통과하지 않으면 못 쓰는 거고, 그래서 시를 계속 쓴다는 건 어려운 일이고, 그래서 선생님들은 존경스럽고……"

또 무슨 이야기를 나눴던가. 몸의 신비에 대해서도 말했지만 몸의 변명

2003년 겨울, 그녀가 찍어서 보내준 사진이다. 나는 그녀에게 첫시집을 보냈고, 그녀는 이 사진을 엽시처럼 보내왔다. 사진 뒷면에는 그녀의 속삭임이 글씨로 나타났다.
〈시집 속을 걸어다니는 내내, 어느 한 소녀를 만났어요. 이미 여러 생을 산 적이 있는 한 소녀, 어느 생에선가 나와 만난 적이 있는 소녀 — 너무 많은 빛이 들어 올 때를 조심하세요. 투명한 몸이 되는 순간, 그 순간, 은박지처럼 바스락거리는 소리 내지 않도록 — 어느 먼 시간 속에서, 바스락거리는 소리가 들린다면, 나는, 금방, 그 몸을 알아볼 거예요.〉

과 거짓말에 대해서도 긴 이야기를 나누었다. 경련과 경직과 졸도에 대해서. 울음이라는 현상에 대해서. 나는 그녀의 몸에 대해서 아는 것 같았고, 그녀도 내 몸에 대해 잘 아는 것 같았다. 우리는 '모르는 여자'인 만큼 '아는 여자'였다. 나는 어느 사이 시간을 잊어버렸다.

3. 하나와의 전쟁

우리들이 저 거울의 모뎀을 공유하고 있지 않다면
우리들의 몸이 쉴 새 없이 두려움의 속에서 끄집어내는 것이
이 세계가 아니라면
이 한밤에 거울이 대용량의 길을 장착했겠니

―「거울 속에서 낙타는 어디까지 갔을까」 부분

이 세계의 리얼리티는 '거울의 모뎀'과 함께, 또 '우리들의 몸이 쉴 새 없이 두려움의 속에서 끄집어내는 것이 이 세계'라는 인식론적인 언명과 함께 흔들린다. 실재와 거울은 구분되지 않는다. 우리의 몸이 끄집어내는 것, 말하자면 우리의 몸에서 떠올랐다는 사라지는 하루 평균 6만 가지의 생각들이 '이 세계'와 겹쳐지면서, 환상과 현실도 이분법적인 분리와 배제의 구도에 안정적으로 자리를 잡지 못한다. 여기서 차라리 환상은 현실(현실이라고

말해지는 것)을 초과하는 것. '거울이 대용량의 길을 장착'했다. 그리고 '몸속에 웹 브라우저를 내장하게 되었어'

"세상의 모퉁이에 서 있는데 도무지 실감이 나질 않아요." 그녀가 지닌 생에 대한 감각이 잘 드러나는 말이었다.

"그렇지만 죽음은 너무 무섭고, 사라진다는 생각은 견딜 수 없이 공포스러워요. 어려서 겪은 두 개의 죽음(오빠와 아버지)은 내게 너무나 느닷없는 것이었고 그만큼 추상적이고 비현실적으로 남게 된 사건이었거든요. 그래서 내겐 사라지지 않도록 잡고 있을 무언가가 꼭 필요해요. 하나에 대해 욕망하는 것에 그토록 강하게 끌리는 것도 그 때문인 것 같아요. 시는 내가 잡을 수 있는(잡고 싶은) 끈이 돼 주었어요."

그녀가 제출한 '야후!의 강물'(사이버 세계)이 가진 사회문화사적 맥락이나 그 파장과 겹쳐서도 또한 무관하게도, 나는 그녀의 존재론적인 싸움을 두 번째 시집 「야후!의 강물에 천 개의 달이 뜬다」에서 읽었다. 그녀의 말로 하자면, "내 옆에 있는 컴퓨터가 고통스러워서(공포스러워서) 컴퓨터에 대해 쓰게 된 거예요."

3월이 오다

일주일에 한 사람씩 떠났던 사람들이 돌아오다 전쟁도 아닌데 사방에서 길을 끊고 나타나다 돌아온 사람들이 모두 밖이 환히 내려다보이는 스카이라운지에서 약속을 하다 발을 땅에 딛지 않고

맥주를 마시다 그들과 헤어진 다음 날마다 생선을 사 검은 비닐봉지 속에 담고 오랫동안 걷다 냄새를 비닐봉지에 묻히며 비닐봉지 안을 버석거리며 그렇게 비린내 나게 살고 싶은 공기

—「시간에 관한 짧은 노트」 부분

이 시에서 "생선을 사 검은 비닐봉지 속에 담고 오랫동안 걷"는 행위는 「나는 검색 사이트 안에 있지 않고 모니터 앞에 있다」라는 시에서 "내 몸이 닿아 있는 / 세계에서는 여전히 땀냄새가 난다"는 사실을 확인하는 것이 중요하였던 것과 통하는 데가 있다. 냄새에 대한 확인, 내가 있는 '여기'에 대한 실감이 너무나도 절실한 것이다.

그런 그녀에게 "뿌리가 없다는 사실을, 뿌리가 없이 살아야 한다는 사실을, 죽을 때까지 두 다리로 지상에서 걸어다니며 살아야 한다는 사실을" 인정하는 것은 고통스러운 일이다. 그러나 그 고통스러운 존재론적인 인정 위에서 그녀의 욕망은 비로소 작동하게 된다. 내 몸이 닿아 있는 세계, 내 몸이 붙잡을 수 있는 세계를 그녀는 욕망한다. 결핍을 생산하는 뿌리 없는 몸(다리)으로 그녀는 욕망을 실천한다. 결여가 욕망을 구성한다.

눈이 신발도 없이 몰려왔어요 다리 옆
으로 불빛을 고름처럼 매단 기차가 지
나갔어요 텅 빈 것이 몸의 전부인 것들

이 있어요 레일은 보이지 않았어요 오
랫동안 서녘행 기차를 기다린 적이 있
어요 어느 별의 받침대가 나인지도 모
르잖아요 지구는 무엇이 떠받치고 있
을까 눈을 덮어쓴 강물을 환해져도 어
두워져도 그곳에 몸담는 난간을 꼭 잡
고서 내려다봤어요 강물 너머에서 길
은 더 이상 구불거리지 않았어요 여전
히 빙판 길을 딛고 있는 발은 신발에
감추어져 있었는데요 아 그런데요 표
지판은 이미 방향을 바꿀 수 없는 곳에
서만 나타났어요

—「겨울 표지판」 전문

"눈을 덮어쓴 강물을 환해져도 어두워져도 그곳에 몸담는 난간을 꼭 잡고서 내려다봤어요." 언젠가 그녀의 여동생이 그녀에게 집으로 돌아오는 길을 잃지 말라고 나침판을 선물한 적이 있다고 했던가. "이미 방향을 바꿀 수 없는 곳에서만 나타"나는 표지판. 그녀는 표지판 앞에서 선택하는 것이 아니라, 이미 방향을 정하였던 것이다. 그러므로 이미 방향을 바꿀 수 없는 방향을 고집스럽게 걸어가는 것이다.

그녀는 한 마리의 양을 위해 99마리의 양을 포기하기를 원한다. 포기를 실천하면서, '한 마리의 양'에 대한 욕망의 에너지는 더욱 커진다. 그녀는 절대절명으로 하나를 열망하는 얼굴을 갖고 싶다고 했다. 그녀는 스님 같은 얼굴, 목탁 두드리는 자의 자세에 대해 말했다.

"이따금 집에서 심기일전하여 묵언의 몸을 만들어보려고 해요. 번번이 한 시간도 넘기질 못하지만." 한 곳에 대한 집중이 다른 모든 것을 물리치는 것, 하나의 정신이 몸을 놓지 않는 상태, 이것이 묵언에 대한 그녀의 해석이

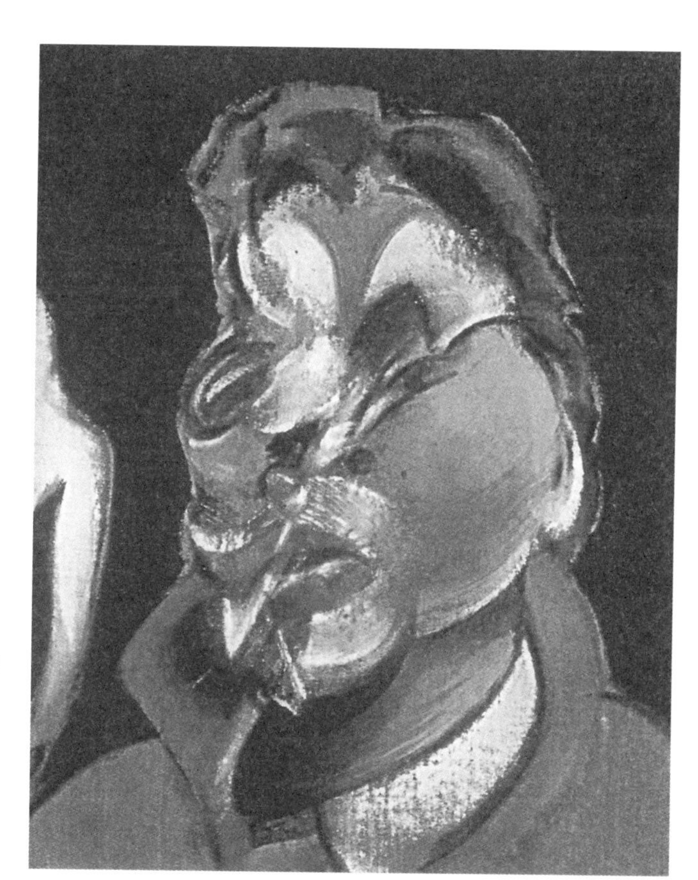

프란시스 베이컨, 〈자화상〉, 1971

다. 그녀는 들뢰즈(『감각의 논리』)를 인용하여 세잔이 수행한 사과 하나와의 전쟁, 베이컨이 벌인 머리 하나와의 전쟁에 대하여도 이야기하였다. 그 앞에서 느낀 감동을 그녀는 감추지 않았다.

언젠가 로댕갤러리에서 존베의 설치미술 전시회를 관람하다가 이유도 모르고 운 적이 있다고 하였다. 그녀로서도 전시실을 돌다가 우는 건 매우 드문 경우라는데, 집에 돌아와서 인터넷을 뒤져 존베의 작업과정을 알게 된 후에야 자신의 당황스러웠던 울음을 수긍할 수 있었다고 한다. "가는 철사를 1센티씩 자르는 거예요. 그리고 그걸 다시 다 붙인다고 해요. 하루에 8시간 이상 철사를 자르고 붙이는 것에 매달린대요. 그렇게 해서 의자만 한 것, 이따만 한 것을 만든다고 생각해봐요." 나는, 도를 닦아야겠군요, 라고 중얼거렸다. 그녀는 계속 말했다. "구도의 자세. 그런 몸이 된다는 것. 그 몸이 벌이는 전쟁이 내게도 전달되었던 모양이에요."

"얼마 전엔, 화가 최종태 선생의 인터뷰 기사를 인상 깊게 읽었어요. 고희를 넘긴 화가가 이렇게 말하더군요. 예술이 이렇게 어려운 길인 줄 일찍이 알았더라면 안 했을 것이다. 그러나 후회하지는 않는다. 평생 아름다움을 추구했는데, 아름다움은 끝내 알 수 없을 것임을 이제 알았다. 그래서 서두르지 않을 수 있다. 또 이런 말도 있었어요. 의미를 추구하면 예술은 낡고, 의미를 배제하면 예술은 공허해진다. 노화가의 말이 내게 아름답게 느껴졌던 건, 내가 아직 가지 않은 길이지만 가고 싶은 길이라서 그렇기도 하고, 가고 싶지만 못 갈 것 같은 길이라서 그런 것 같기도 하고……"

좌절한 것은 길이었지 발자국이 아니었으므로
좌절한 것은 세계였지 결코 내가 아니었으므로

―「서부극, 냉장고, 플러그」 부분

"말은 모두 지우고 느낌만 간직할게요." 그녀가 마지막으로 한 말이었는데, 나는 네 시간 삼십 분 분량의 녹음을 세 번 반복하여 들었다. 게다가 다시 이렇게 글로 편집하여 옮기고, 군말을 덧붙이기까지 하였다. 그랬지만, 마침표를 찍으려는 이 순간, 나 역시 그녀와 같은 말을 할 수 있을 것 같다.

(2005년 가을)

진은영

진 은 영 과 친 구 되 기

1970년 대전 출생. 이화여대 철학과 및 동대학원 졸업. 2000년 「커다란 창고가 있는 집」 외 3편을 『문학과사회』에 발표하여 등단. 시집으로 『일곱 개의 단어로 된 사전』(2003), 『우리는 매일매일』(2008). 철학책으로 『순수이성비판, 이성을 법정에 세우다』(2004), 『니체, 영원회귀와 차이의 철학』(2007). 2008 동료들이 뽑은 올해의 젊은 시인.

나는 일러주러 왔다

커다란 발을 가진 재미난 사내를 만들기 위해

무한히 신발을 줍고 있는 밤이야

다 가져가도 좋아

나의 젖은 손과 나의 취한 시간과 나의 목소리

—「신발장수의 노래」에서

1. 쓰지 못한 서문에 대하여

진은영과 친구되기. 여기서 조사 '과'는 두 가지 의미를 갖는다. And의 의미가 그 하나, 다른 하나는 물론 With의 의미. 나는 오늘의 만남이 진은영과 나눈 우정의 기록으로 남기를 바라는 마음이 있었다.(With) 그렇지만 '나'의 욕망과 연관짓지 않고서도, 진은영을 말할 때 '친구' 혹은 '친구되기'란 무엇인가, 그 생성의 힘에 대해 나는 생각하게 된다.(진은영 And 친구되기)

지난해 여름으로 거슬러가서, 인터뷰어로서 내가 시인과 만나는 자리를 연재의 형식으로 구상하게 되었을 때, 나는 그 첫 자리에 진은영을 떠올렸다. 그때 생각했던 것이 그녀의 시집 『일곱 개의 단어로 된 사전』 뒷날개에 그녀가 써둔 짧은 글이었다. 진은영은 이렇게 말했다.

> 언제부터인가 내 삶이 엉터리라는 것뿐만 아니라,
> 너의 삶이 엉터리라는 것도 나를 고통스럽게 한다.
> 너라도 이 경계를 넘어가주었으면.
> 그래서 적어도 도달해야 할 무엇이 있다는, 혹은 누군가 거기에 도달할 수 있다는, 그 어떤 존재 증명과 같은 것이 이루어지길……. 사람들은 왜 내게 들을 수 있는 귀만을 허락했냐고 신에게 한바탕 퍼붓는 살리에르의 한탄과 비애를 전하지만, 사실 얼마나 배부른 소린가? 모차르트와 동시대인이라는 거, 그거 축복 아닐까?
> 돌이 아니라, 쏟아지는 별들에 맞아 죽을 수 있는 행복, 그건 그냥 전설일 뿐인가?
> 친구, 정말 끝까지 가보자. 우리가 비록 서로를 의심하고 때로는 죽음에 이르도록 증오할지라도.

나는 진은영이 호명하는 '친구'와 같은 인터뷰어가 되고 싶었고, 그녀의 방식을 따라서 '친구들'을 부르고 싶었다. 내가 만난 시 쓰는 사람과의 몇 번의 자리에서 우리는 '질문을 던지는 자'와 '대답을 하는 자'의 역할을 나누어 맡지 않았다. 처음엔 여러 개의 질문들을 메모해가기도 했지만, 준비된 질문에 기대기보다는 대화 그 자체가 발생시키는 질문들이 이끄는 대로 따라가다가 다시 엉뚱한 길로 접어드는 것이 더 좋았다. 중구난방, 삼천포로 빠지기는 흥미롭고 즐거운 모험이었다. 당신들과 동시대를 살아간다는 것, 그거 고맙고 행복한 일이라는 고백을 여기에다 슬쩍 끼워둔다. "너라도 이 경계를 넘어가주었으면. …… 친구, 정말 끝까지 가보자. 우리가 비록 서로를 의심하고 때로는 죽음에 이르도록 증오할지라도."

나는 서너 달쯤 전에 진은영한테서 철학책 한 권을 선물 받았다. 그녀가 쓴 『순수이성비판, 이성을 법정에 세우다』라는 제목의 책이었다. 그녀가 얘기한 대로, 이 책은 칸트보다는 니체나 푸코, 들뢰즈를 더 즐겨 읽고, 그들에게 쉽게 매혹당하는 감수성을 지닌 연구자의 칸트 읽기다. 나는 이 책의 서문을 여러 차례 읽었다. 그 사이에 한참 쉬었다 다시 떠나는 여행처럼 책을 천천히 읽어나가다가 문득 마지막 장을 첫 장처럼 넘겼는데, 그녀가 예상한 모종의 인내심과 어떤 부딪침의 기쁨 같은 것이 책을 읽는 내내 강약을 달리하며 동반되었다. 여기서 내가 하고 싶은 말은 그렇게 한 권의 책을 읽으면서, 여러 번 되풀이하여 읽었던 그녀의 머리글에 있다. 나는 심지어 그 책머리의 글을 따로 복사해 두었다. 책을 써나가는 동안 유념하였던 원칙 한 가지를 그녀는 들뢰즈의 문장으로 적어놓았다. 들뢰즈 또한 그녀의 멋진 친구다.

어떤 저자에 대해 글을 쓸 때 내가 지니는 이상理想은 그에게

> 슬픔을 야기시킬 어떤 것도 쓰지 않는다는 것이다. 그리고 만일 그가 이미 죽은 저자라면, 그로 하여금 그의 무덤 속에서 울게 만드는 어떤 것도 쓰지 않는다는 것이다. 한 저자에 관해서 생각한다는 것. 그의 최상을 생각함으로써 그로 하여금 대상이기를 그만두게 하는 것, 박학과 친숙함의 이중적인 불명예를 피하는 것, 그가 줄 수 있었고 발명할 수 있었던 이러한 즐거움, 힘을, 사랑하는 삶과 정치적인 삶을 약간이나마 되돌려주는 것.
>
> — 들뢰즈, 『차이와 반복』

한 저자의 최상을 생각한다는 것, 박학과 친숙함을 넘어 미래의 낯선 가능성들까지 따라가 본다는 것, 어느 곳에서 끊긴(종료된) 길이 아니라 다시 시작되는 여러 갈래의 길을 발견한다는 것, 그것은 창조적인 독서이자 대화이며 우정의 나눔일 것이다. 고분고분한 마음과 어떤 종류의 비겁함과 이기심이 깔린 아첨이 아니라, 이 경우 우리에게 필요한 것은 '너'를 향해 마음을 여는 용기, '나'와 이별하는 능력 같은 거라고 할 수 있다. 너와 같은 길을 가는 것이 아니라, 너와 내가 부딪쳐서 생기는 빛에 끌려 미지의 새로운 길을 떠날 수 있다는 것이 중요하다.

그러므로 수많은 작별의 순간들을 우정은 포함한다. 그렇게 나는 너를 만난다. 이러한 만남과 이별의 맥락에서, 나는 진은영이 썼던 산문의 일부를 읽어 본다.

…… 그러므로 우리는 모든 종류의 시를 쓰게 될 것이다. 이미 존재하는 모든 종류의 시를 써야 한다는 것이 아니라 수많은 이질성의 요소를 도입함으로써 생성되는 모든 종류의 시, 그리고 기존의 시적 스타일을 폭력적으로 부딪치게 함으로써 생성되는 모든 종류의 시들을 쓸 것이다. 박노해를 박상순과 마주치게 하고 최승자, 김혜순의 클리나멘에서 또 다른 클리나멘을 만들고 마야코프스키의 선과 릴케의 선을 뒤섞고 빅토르 최를 짧게 기억하는 것. 스피노자와 니체, 맑스를 도입하고 글자들 위에 마티스의 색채와 인디안 문양을 칠해보는 것, 바하만과 아흐마또바를 옮겨 적고 아주 큰 소리로 르베르디와 브르통을 읽다가 목이 쉬는 것. 때아닌 변성기들.

백석과 김수영만큼이나 바예호와 빠라를 즐겁게 읽는 우리들. 모든 감각의 무절제를 시도하는 우리들, 또 다른 입술과 열 개의 유방과 드넓은 살갗과 그것들을 핥는 수천의 비밀스런 혀를 가진 우리들, 시민적 삶의 천공도에서 검은 마굿간 냄새 가득한 바닥으로 쏟아지는 별 같은 우리들. 혁명/반혁명의 좌우반구를 폭파하기 위하여, 혁명의 상투어들을 감각화하기 위하여, 고유한 결을 가진 감각들, 그 붉고 푸른 비단 천을 북북 찢어내는 작은 칼날 같은 손가락을 위해, 레닌그라드의 둥근 지붕과 월가街의 직선 대로들을 초록 달팽이로 뒤덮고 줄줄 흘러내리게 하기 위해, 표적과 구경꾼들을 이끌고 가는 화살 쏜살 같은 노래이기 위해.

지금, 뭘, 어떻게, 쓰고 움직이고 사랑하고 실험해야 하는지 묻고 또 묻는, 젊은 우리들. 물음의 노예들. 정답의 영토에서 쫓겨난 불가촉천민들.

—「우리는 어떻게 시를 쓸 것인가? - 생성과 문학」(『시와반시』, 2005년 겨울)

2. 안녕하세요? 진은영씨

이어폰을 꽂으니, 이런 대화가 먼저 들려온다. "밥 먹고 하자. 따뜻한 음식이 좋을 것 같은데……"/ "콩나물국?"/ "콩나물국! 그거 괜찮겠다."

밥 먹고 하자, 라는 말을 외치며 들어온 사람은 고미숙 선생이었다. 몇 년 전에 나는 고미숙 선생의 강좌를 들은 적이 있다. 진은영과 만난 장소는 '수유연구실+공간 '너머''라는 이름이 붙은 건물의 2층 까페, 시간은 오후 4시 30분쯤 되었을 것이다. 이곳 연구실은 생활공간이기도 해서, 홈페이지의 연구실 소개에 따르면, 밥먹고, 공부하고, 운동(탁구, 등산, 테니스 등)하고, 영화보고, 술 마시고 등등의 일상을 공유하는 상근자들이 있다. 그 중에서도 인상적인 대목은 쌀보급자, 밑반찬 담당자, 요리전문가, 설거지 전담반 등 각기 자신의 능력들을 주고받으며 밥상공동체를 꾸려간다는 것. 물론 일차적으로는 생활비를 절약하기 위해서지만, 그보다는 일상을 공유하는 속에서만이 참된 의미의 공동연구가 가능하다고 보기 때문이라고 한다. 어쨌든지 1층에서는 밥상을 준비하고 있고, 2층 까페에서 진은영과 나는 대화의 물꼬를 트기 시작한다.

"예전엔 막연히 공부는 혼자 하는 거라고만 생각했었는데, 연구실을 통해 함께하는 공부를 할 수 있게 됐어요." 아마도 이곳에는 진은영의 좋은 친구들이 많이 있을 것이다. 저 빽빽하게 꽂혀있는 책들 중에도.

나는 '진은영과 친구들'에 대해 생각하게 된 계기와 함께 내가 연재의 형식을 빌려 하고 있는 인터뷰의 모험들에다 붙이고 싶었던 희망의 말에 대해 털어놓았다. 그러니까 앞에서 풀어 놓은 말들은 대강 여기서 했던 것이다. 한 가지 더 덧붙인다면, 진은영의 시집을 여는 자리에 씌어진 "혜린, 성숙, 애령, 우주, 미혜, 예진, 지엽, 정하, 인숙 / 그리고 화수, 내 詩의 친구들에게"라는 '시인의 말'에서, 그리고 진수미의 시 「아비뇽의 처녀들」에 붙여진 "미혜 · 지혜 · 우주와 함께"라는 부제에서 공교롭게도 겹쳐 등장하는 동명의 인물에 대한 호기심 같은 것이 있었다. 얼마 전에 진은영과 진수미는 첫 대면을 하였지만 그 전까지는 얼굴도 모르는 사이였다는데(그렇지만 서로의 시에 대해서라면 조금은 아는 사이였다고 해야겠지!), 그 둘은 우주와 미혜라는 이름을 가진 같은 친구가 있었던 것이다.

진은영은 사람을 잘 사귀지 못하지만, 천천히, 천천히, 그리고 매우 오래 사귀는 편이라고 했다. 나에 대한 인상을 말하면서는, 처음 봤을 땐 매우 사교적이고 명랑한 사람이라고 생각했는데, 두 번째, 세 번째 보면서 오히려 수줍음 같은 것을 보게 되어 조금은 의아했다고 하였다. 그렇게 몇 번, 우리는 여러 사람들 속에서 만났는데, 나의 서툴음, 조울증(?), 몇 개의 얼굴 같은 것을 그녀는 언뜻 보았던 모양이다.

그녀는 오히려 나의 이야기를 듣고 싶어 하였다. 그녀의 물음들을 빌려서 나는 그녀에서 묻곤 하였다. 나는 머리카락에 가려져 있는 그녀의 귀를 상상해보았다. 그러면 햇살처럼 퍼지는 그녀의 시 한 편. "물론 모든 걸 그리는 건 / 내 마음 가득한 지하수, 어쩌면 푸르고도 고요했던 강물이겠지만 / 너는 무심코 던져진 돌멩이, / 강가에 이르도록 퍼지는 물음의 무한한 동심원을 만드는 / 너는 내 손에 쥐어질 얼마나 날카로운 칼인가!" 「나의 친구」라는 시.

별과 시간과 죽음의 무게를 다는 저울을
당신은 가르쳐주었다,
가난한 이의 감자와 사과의 보이지 않는 무게를 그리는
그런 사람이 되라고.

곤충의 오랜 역사와 자본의 시간
우리는 강철 나무 속을 갉아 스펀지동굴로 만드는 곤충의 종족이다.
어제 달에서 방금 떨어진 예언을 나는 만져보았다

면 우주에서 떨어진 꿈에는 언제나 무수한 구멍이 뚫려 있지.

어둠 속에서는 어떤 보폭으로
야광오렌지 알갱이를 터뜨려야 하는지?
어떻게 기계와 자유가 라일락과 장미향기처럼 결합하는지?
우리가 인간이라는 창문을 열고 그토록 높은 데서 뛰어내릴 용기를 가질 수 있는지?

대답의 끝없는 사막에
낯선 물음, 빛나는 피의 분수가 쉴 새 없이 솟는 법을 가르쳐 주었다.

물론 모든 걸 그리는 건
내 마음 가득한 지하수, 어쩌면 푸르고도 고요했던 강물이겠지만

너는 무심코 던져진 돌멩이,
강가에 이르도록 퍼지는 물음의 무한한 동심원을 만드는
너는 내 손에 쥐어질 얼마나 날카로운 칼인가!
높은 기념비, 예술가들, 철학자들, 위대한 정치가들보다도

나의 곁에서

어리석은 모세, 붉은 바다를 가르는 지팡이
확신의 갑옷을 두른 모든 시대의 병사들을
전부 익사시키는.

그것을 믿자, 강철부스러기들이
우리를 황급히 쫓아오며 시간의 거대한 허공 속에서
흩어진다,
죽음과 삶의 자장磁場 사이에서.

그것을 믿자, 숱한 의심의 순간에도
내가 나의 곁에 선 너의 존재를 유일하게 확신하듯

친구, 이것이 나의 선물
새로 발명된 데카르트 철학의 제1 원리다.

3. 가득히 떨어지는 별, 즐겁게 추락하기

흐린 날씨 탓이었을까? 엄마와 나누는 신체적인 경험을 거의 대신하였다는 할머니를 잃은 그녀의 손과 가슴 때문이었을까? 얼마 전에 그녀는 그런 할머니를 떠나보냈다. 진은영은 몸 상태가 좋지 않아 보였다.

오랫동안 병과 같이 산다는 건 힘든 일이다. "아플 때, 시를 많이 쓰게 돼요. 통증을 잊을 수 있으니까요. 의사선생님은 시 같은 걸 왜 쓰냐고 하지만, 그거 쓰지 말라고 하지만, 시는 신체적인 고통을 잊을 수 있게 하는 다른 감각들이 열리는 장이 되어주죠. 시를 쓰고 나서 더 아프기도 하지만. 예전엔 시에서 색감이나 촉감이 느껴지는 언어의 물질성을 의도적으로 구사하려고 한다고만 생각했는데, 요즈음엔 신체가 그걸 요구한다는 생각이 들어요."

나는 그녀의 시를 읽으면서 상큼, 새콤, 시큰한 맛을 종종 느끼곤 하였다. 이가 시리기도 한다. 그녀가 만들어내는 색채와 촉감 또한 이러한 혀와 이의 감각으로 내게는 다가오는 때가 많았다. 이 감각 속에서 문득 어떤 반짝임, 똑 떨어지는 눈물 같은 것을 보기도 하였고, 뭔가 투명해지는 순간을 누리기도 했다.

"뭘 해도 지루한데, 시를 쓸 때만큼은 완전한 몰두가 이루어져요. 명징해진다고 할까, 온전히 자기 정신으로 있는 순간들을 경험하게 되죠."

그녀가 시쓰기에 대하여 말할 때, 혹은 「이전 詩들과 이번 詩 사이의 고요한 거리」, 「긴 손가락의 詩」 같은 그녀의 시에서, 나는 불현듯 "인생은 살기 어렵다는데 / 시가 이렇게 쉽게 씌어지는 것은 / 부끄러운 일이다"라고 썼던 윤동주의 아득한 초상을 떠올리기도 한다. 그녀는 문득 아무것도 보지 않는 것 같은 눈빛으로 이렇게 말했다. "세상에서 뭔가 한 가지를 선택할 수 있다면, 좋은 시인이 되고 싶어요."

나는 진은영의 시에서 윤동주의 시가 지녔던 윤리성의 또 다른 미래형을 느낀다. 그녀는 놀랍게도 별을 노래한다. 그녀의 말마따나 촌스러운, 너무나 시적이어서 시적으로는 죽은 언어가 돼버린, 그래도 언제나 아름다운 단어 '별'을 그녀는 새로운 감수성으로 새롭게 구원한다. 내가 아는 동시대 시인들 중에서 별을 가장 많이 노래하는 시인이 진은영이다. 윤동주의 미학적인, 동시에 윤리적인 결심을 드러내는 시 구절, "별을 노래하는 마음으로 / 모든 죽어가는 것을 사랑해야지"와 아주 깊은 데서 그녀의 시는 만나고, 그리고 그녀는 그녀에게 주어진 길을 만들면서 걸어가고 있다. 그녀는 「신발 장수의 노래」라는 시에서, "나는 원인을 찾으러 오지 않고 원인을 만들러 온 자"의 노래를 상상한다. "기원전 387년, 헤라크산티페 저녁바람에 날아간 메모."

나는 문득 여기다 「정육점 여주인」이라는 시 한 편을 붙여두고 싶어진다.

> 유리창 밖으로 붉은 눈발 날린다
> 커다란 칼을 들고 다정한 눈망울로 바라보는 수소를 힘껏 내리치던
> 때가 있었지, 요즘엔 아무 일도 없다

냉기로 달아오르는 난로 옆에서 그녀는 중얼거린다
천장에 오래 켜놓은 형광등이 깜박인다, 칼은 녹슬었고

오늘 밤에는 들판에 나가야겠다
풀 먹인 하얀 앞치마에 가득히 떨어지는 별을 받으러.
장미 성운에서 온 것들이 쇠 다듬는 데 최고라니까
그녀는 왼쪽 유방의 부드러운 뚜껑을 열고
하얀 재를 한 움큼 쥐어본다

유리창 밖 풍경은 거대한 얼음 창고 안에 갇혀 있다
눈보라 속 나무들이 공중에 냉동고기처럼 검게 달려 있고
유리창에 입김을 불어가며 그녀는 바라본다
붉은 눈송이들이 녹아 흐르며
피범벅된 송아지 같은,
제대로 일어서지 못하는 물렁물렁한 세계를.
미리 갈아놓은 칼로 겨울의 탯줄을 끊어야 한다
길고 부드러운 혀로 떨고 있는 어린것을 핥아주는 일.

여자가 성에 낀 유리창을 활짝 연다
눈이 그치고 맑은 하늘에 토막 난 붉은 구름 떠간다

그녀의 시에서 별은 가득히 떨어지고, 쇠를 다듬고, 녹이 슨 칼을 간다. 다시 한번, 떠오르는 시 「나의 친구」, "너는 내 손에 쥐어질 얼마나 날카로운 칼인가!" 그녀의 시에는 그렇게 날카로운 칼 옆에서 "길고 부드러운 혀로 떨고 있는 어린것을 핥아주는 일"이 일어난다.

잘 가꾸어진 공원의 데이지 꽃밭 사이에서
해바라기의 큰 키로 올라오는
내장의 썩은 냄새를 맡는 사람이 되어야지

저 노란 강철은 어디서 왔을까
솟아오르는 날카로운 향기의 낫

—「우리에게 일용할 코를 주시옵고」 부분

"해바라기의 큰 키로 올라오는(저 노란 강철은 어디서 왔을까) / 내장의 썩은 냄새(솟아오르는 날카로운 향기의 낫)"를 맡는 '코'를 '일용할 양식'처럼 구하는 진은영의 시는 "암매장된 부랑자의 흰 뼈를 어루만지며 / 흐르는 젖은 노래"(「추락」)가 되기도 한다. 그녀는 시에서 저 높은 곳을 향해 오르려고 하지 않고 높은 곳에서 떨어지고자 하는 지향을 보여준다.

높은 데서 떨어지고 싶다
식물원 천장, 빛의 유리창을 박살내고

땅 위를 걷는 새들 지나
하수구 바닥에 모인 검은 쥐떼에게

잠시 목례하고
계속 떨어지고 싶다

암매장된 부랑자의 흰 뼈를 어루만지며
흐르는 젖은 노래에게로

그리하여 노란 강철 해바라기는 가장 낮고 어둡고 깊은 곳에서 올라오는 것이다.

그러나 그녀의 시가 발산하는 매혹과 개성에 대해 말하기 위해서 더 강조해야 하는 것은 그녀의 '추락의 미학'을 지지하는 저 깊은 곳의 윤리성이 아니라, 그것을 감싸고 있는 모종의 명랑성이나 어느새 씻은 듯한 웃음 같은 것일지도 모른다. 진은영의 시학은 추락을 비극의 파토스로 어둠 속에 물들이는 것이 아니라, 환한 행위로 반짝이는 몸짓으로 은빛 칼처럼 존재의 진실에 내리꽂히게 한다.

잘못 그려진 나에게 두껍게 밤을 칠해줘

칼자국도 무섭지 않아 대못도, 동전 모서리도, 그런 날이면 새로 생긴 흉터에서 밑그림 반짝이는 그런 날

—「그림일기」 부분

이 시를 읽으며 아련한 기억을 더듬으니, 미술시간에 스크래치를 처음 해 본 날 나는 마술을 본 듯이 신기해했던 것 같다. 두껍게 칠해진 검은색을 젖히고 솟아오르는 보석 같은 색색들.「그림일기」라는 시의 일부와 함께, 그녀의 짧은 산문 중에서 그 일부를 덧붙인다면,

그러므로 어른이 된다는 것은 멋진 다이빙 선수가 된다는 것. 가장 아름다운 포즈로 낮은 곳으로, 어둡고 깊은 곳으로 두려움 없이 떨어지는 법을 알게 된다는 것. 그것이 성장한다는 것. 그러니 오늘은, 오늘만큼은 애써 올라간 곳에서 즐겁고 멋지게 추락하는 걸 한 번 연습해보기. 푸르름의 드높은 꼭대기에서 한 시절을 지내고 아무런 주저함 없이, 붉고 노란 손을 흔들며 훌훌 떨어지는 나뭇잎들 사이에서.

—「두려움 없는 삶」에서

추락을 멋진 다이빙으로, 흉터를 반짝임으로 어느새 바꾸어 놓는 진은영의 언어.

나는 불쑥 그녀에게 내가 반한 적이 있었던 친구의 똑 떨어지는 눈물이야기를 했다. 그녀의 시가 불러일으키는 어떤 감정의 파장 같은 것과 겹쳐졌기 때문이다. 물론 비유는 경계해야 마땅함에도 불구하고. 대학교 1학년 가을날이었던 걸로 기억한다. 가로수에 기대어 그 친구가 투명한 가을 하늘을 보고 있었다. 인사를 하려고 다가가려는데 눈물 한 방울이 그녀의 뺨을 가로질러갔다. 순간적이었지만 눈물이 떨어질 때까지 그 둥근 방울은 그 모양 그대로 또르르 굴러갔다고 기억한다. 이 순간은 내 기억 속에서 슬로우비디오같이 재생되곤 한다. 이 친구의 별명은 캔디, 주근깨가 많고 잘 웃는 아이였다. 별로 얘기를 나눠본 적도 없는 아이였는데, 나는 아무 말도 하지 않고 그냥 잠깐 안아주었다. 그리고 그녀는 씻은 듯이 웃었고, 나도 따라 웃었다. 나는 왜 울고 있느냐고 묻지 않았고, 그 아이도 나의 행동을 황당해하지 않았다. 그날 이후 우리가 특별히 더 친해진 것도 서먹해진 것도 아니었지만, 그 순간에 우리는 말없이 무언가를 나누었다는 생각이 든다.

진은영의 시에서 내가 눈물을 보았다면, 그런 '똑 떨어지는 한 방울의 눈물' 같은 것이다. 그녀는 반짝 웃는다. 나는 진은영의 눈물을 보지 않았다고 말해도 좋을 것이다. 내게 '똑 떨어지는 눈물'의 이미지는 그렇게 다시 한번 다른 얼굴에 새겨진다.

다소 생뚱한 이야기인데, 진은영은 예전에 접속사, 조사 같은 걸 다 없애

버렸으면 좋겠다는 생각에 한동안 시달렸다고 한다. 말하자면 조사란 단어와 단어를 연결하는 기능을 하는 것인데, 단어와 단어를 자유롭게 내버려두고 싶었다는 것이다. 그렇다면, 눈물과 웃음 사이의 끈끈한 인과에 대해 캐물을 일이 아니다. 각각의 자유로운 흐름과 교차에서 의미는 고정되지 않고 더 풍요로워질 수도 있을 것이다.

이것은 내가 그녀에게 편애하는 접속사가 있느냐고 물었던 데서 나온 이야기였다. 겉으로 드러내든 드러내지 않든지 간에, 문장을 연결하는 고리 같은 것에는 사유의 형식이나 성향 같은 것이 깔려 있다는 전제에서 나온 느닷없는 질문이었다. 행숙씨는요? 질문은 내게로 다시 돌아왔다. 음, 내 경우는 '그런데' 쪽인 것 같다. 근래에는 '그리고'와 친해지는 듯? 이제 그녀가 다시 말을 잇는다.

"예전의 강박은 거의 사라져서 요즈음에는 시에 접속사도 자주 쓰고 하는데, 시에서는 문장과 문장의 연결을 위반하는 방식으로 쓴다고 할까? 굳이 말한다면, 시를 떠나 사고의 방식을 묻는 경우에는 '그러나'. 그렇지만 사람에 대해서는 한 발 물러나서 '그럼에도 불구하고'." 그 럼 에 도 불 구 하 고, 나는 그녀를 따라 천천히 발음해보았다.

이런저런 얘기를 나누는 중에 '밥 먹고 하라'는 신호를 두 번쯤 받았다. 그 신호에 맞춰 그러자고 해놓고선, 우리는 그 말을 곧 까먹었다. 우리가 밥을 먹으려고 1층에 내려갔을 때에는 너무 늦은 시간, 식탁은 이미 치워진 후였다. 우리는 결국 근처 식당에서 식사를 해결했다. 보슬비가 내리는 겨울

저녁이었다. 그녀는 지쳐 있었다. 다시 연구실 2층 까페로 돌아와서, 진은영은 난롯불을 쬐며 집에 같이 가기로 한 어떤 친구를 기다렸고, 나는 그만큼 더 그 장소에 머물렀다. 무슨 얘기를 또 주고받았던가. 우리는 희미하게 얘기를 나누었지만, 우리의 이야기는 아직은 모르는 길에 더 많이 남아 있을 것이다.

4. 진은영의 메일

어제는 비도 내렸고 또 행숙씨의 눈은 참 슬퍼보였어요. 말은 잘 못하지만 명랑한 성격인데, 어젠 컨디션이 다소 별로여서 마음껏 신나지는 못했네요.

마르께스는 늘 새벽에 일어나 '손이 식기 전에' 글을 썼다고 해요. 나도 행숙씨의 슬프고 예쁜 눈빛의 기억이 내 안에서 식기 전에 뭔가 써 보내고 싶어요.

귀신 이야기랑 몽유병, 사라지고 싶었던 복도 이야기. 똑 떨어지는 친구의 눈물 이야기가 참 좋았어요. 이야기하는 눈빛과 얼굴의 윤곽선, 하얗고 마른 손의 손짓을 보면서 감각적으로 풍요로워지는 시간들이었어요.^^ 아프고 나서 좋은 점은 내 신체뿐만 아니라 타인의 신체에 대해 예민해지고 주의력도 증가된다는 것. 나는 행숙씨 이야기 들어서 좋았는데, 내가 행숙씨에게 도움되는 이야기를 못해줘 미안하네. 혹시 이런 게 글쓰는 데 도움이 될까 해서 보냅니다.

의사소통을 거부한다는 평가가 젊은 시인들의 시에 대한 평가로서 맞기도 하고 틀리기도 하다는 느낌이 들어요. 들뢰즈적 맥락에서 이야기를 해보자면 이런 거예요. '언어란 의사소통적이다'라는 주장은 우리가 이미 소통해야 할 어떤 본질을 가지고 있다는 전제를 깔고 있는 것 같아요. 그러나 사실 시쓰기 이전에 이미 정해진 '시인이 말하고자 하는 것'은 없지요. 언어는 어떤 감응affect을 불러일으키는 것이지 메시지를 전달하는 것이 아니라는 생각에 동의합니다.

비평가들이 우리 시를 읽으면서 헤메는 이유가 뭘까요? 아마도 '이 시는 어떤 메시지를 가지고 있다. 나는 분석을 통해 그걸 찾아내야 한다. 만일 내가 그것을 찾아낼 수 없다면, 시인인 네가 그 메시지의 전달을 거부하고 있기 때문이고, 너만 알 수 있는 방식으로 그걸 은폐하고 있기 때문이다. 너는 적어도 한 둘은 알 수 있는 방식으로 네가 말하고자 하는 본질을 전달할 의무가 있다'라는 고답적인 태도를 가지고 있기 때문일 겁니다.

한때 시쓰기란, 아니 문학이란 "나는 이래. 너도 그렇지?"라는 공감, 어떤 정서의 전달이란 생각을 가진 적도 있었지요. 그러나 지금은 아니에요. 시를 통해 습관화된 감각과는 다른 감각을 촉발시키고, 나와 내 시를 읽는 사람들의 신체적 감각을 변화시키는 데 자꾸 관심이 가요. 이 시어를 이러저러하게 배치함으로써, 그것이 나와 다른 이들에게 어떤 새로운 감각적 경험을 주는가? 우리들은 (스스로가 그 시도에 대해 의식적이든 무의식적이든) 이런 방식으로 시를 쓰는 것 아닐까요? 즉 우리는 감각의 (비)문법을 가지고 있는데, 어떤 사람들은 의미의 문법으로 우리의 시들을 읽으니 어렵고 난해해지는 것 아닐까요?

의미의 소통을 추구하는 대신 감각적 촉발을 추구한다는 점에서 우리는 의사소통을 거부하는 것이 아니라 의사소통이라는 언어적 전제 자체를 거부하는 거라고 말하는 것이 더 맞을 듯합니다.

만일 의사소통이라는 말을 꼭 써야 한다면 낯선 것들끼리 만나서 질적으로 새로운 어떤 감각적인 생성 혹은 의미의 변형을 가져오는 딱 그만큼만 우리는 소통하는 것이라고 말하겠습니다.

그런 의미에서 우정이란 서로 비슷한 이들끼리의 만남에서 오는 것이 아니라 이질적인 것들의 부딪침에서 오는 것이라고 믿어요. 내가 누군가를 만나서 달라지는 그만큼 우리는 빛나는 우정을 나누게 되는 것이지요. 같은 것, 이미 서로가 가지고 있는 것을 나눌 수는 없어요. 비슷비슷한 걸 가지고 있다면 자기 것을 그냥 쓰면 되지요.

나는 가지고 있지 않는 어떤 것과 우연하게 마주치는 것. 그리고 그 마주침 속에서 완전히 달라지는 것. 습관과 공통감각common sense, '나'라는 주어와 빨리 헤어지기. 또한 언어들이 가진 낡은 의미들과 이별하기. 이것이 바로 우정이지요. 그래서 우정이란 김행숙이 노래했듯 "이별의 능력이 최대치에 이르는 것"이라고 나는 정의하겠습니다.

나랑은 다른, 색다른 친구들과 함께 '집(!)'을 떠나 엄마와 아빠가 없는 곳, '참 이상해서 아름다운 곳'에 '문득' 떨어지는 것이 우정이지요. 모든 게 견고해 보이지만 사실 우리는 "기체의 형상을 하는 것들"이고, "저 멀리 흩어지는 옷"을 입고 (또는 벗고) 있으며, "모래와 시멘트가 섞이고" 모든 것은 모자이크 풍경이니까, 우리는 정말 이상한 곳에 도착할 수 있을 거예요.

우리의 우정을 위하여!

친구 안녕.

(2005년 겨울)

1961년 서울 출생. 서울대 미술대학 회화과(서양화 전공) 졸업. 1991년 『작가세계』 봄호에 「빵공장으로 통하는 철도」 외 8편의 발표하며 등단. 시집으로 『6은 나무, 7은 돌고래』(1993), 『마라나 포르노 만화의 여주인공』(1996), 『Love Adagio』(2004). 현대시동인 현대문학상 수상.

예술과 게임

■

머리에 바퀴를 달고

나는

언덕 아래로

굴러가고 있었다

—「불꺼진 창」

두 귀에 불을 놓고

소리지르며

나는

혼자 있었다

—「불 켜진 창」

#1

박상순의 프로필. 등단작 「빵공장으로 통하는 철도」가 발표된 해가 1991년. 1993년에 첫 시집 『6은 나무 7은 돌고래』가, 1996년에 두 번째 시집 『마라나, 포르노 만화의 여주인공』이 나왔다. 그리고 '2000년대적'인 배치 속에서 박상순은 박상순의 미적 후예들이자 벗들을 만난다.

움직이는 좌표들 그 어디에서 만났으며 그리고 그 어디에서 이별했는지 우리는 분명하게 알지 못하지만, 예술적인 계보나 우정의 기록에서 만남의 가장 빛나는 의미는 어떤 특이점이 새로이 발생하는 이별의 순간에 새겨져 있을 것이다. 그 만남과 작별은 어느 정도 의식적인 선택이기도 하지만 더 근본적으로는 무의식적인 감응이자 대화이며 또 다른 가능성들이 교차하는 형식이라고 할 수 있다. 박상순의 세 번째 시집 『Love Adagio』는 2004년에 나왔다. 바야흐로 박상순의 기계와 무대와 게임과 놀이공원을 좋아했던 (함께 놀 수 있었던) 젊은 친구들의 첫 시집이 '2000년대적'인 배치에 능동적으로 관여하게 된 흥미로운 시절이다.

오늘(2006.4.17) 박상순과의 인터뷰는 그 친구들이 주선한 자리였다고 할 수 있다. 나는 최근에 우연히 여러 친구들한테서 박상순 시집에 대한 독후감을 습작시절의 추억처럼 들었다. 이를테면, 황병승과 진은영의 독서목록에서도 박상순은 특별한 의미를 가진 듯했다. 나는 박상순의 시집을 다시 읽었다. 그리고 내가 박상순을 만날 준비를 하고 있다는 생각이 들었다.

#2

"극적 장치의 시들, 진지하고 섬세한 배우 같은 언어들, 언어들이 말한다. 무슨 말을 해도 나는 그 말들의 진위를 따지지는 않을 것이다. 따지면 분명 웃음거리가 될 테니까." 이것은 시인 최승호가 박상순의 시집 『Love Adagio』에 쓴 표4글의 마지막 대목이다. 진위의 피안에, 선악의 저편에 있으려고 하는 언어들을 '비평적'으로 대면하기는 상당히 불편할 것이다. 최승호의 말대로, 따지면 분명 웃음거리가 될 테니까.

시론이 시를 품는 것이 아니라 시가 시론을 품는다. 종종 시를 내놓는다는 것은, 의식적인 수준에서 명확해진 게 아니라하더라도, 시론을 함께 제출하는 모종의 사건이 되기도 한다. 누구보다도 박상순의 경우 자주 일어나는 사건이다. 예술의 자기지시성. 나는 그의 시에 대한 독후감을 약간 내비치면서 그에게 묻는다. "한 편의 시를 내놓는다는 건 시론을 제출하는 일과 겹쳐질 수 있고, 한편으로 그것은 시를 읽는 새로운 방식을 제안하는 사건이 될 수도 있다고 생각하는데요, 박상순 시가 불러일으킨 비평적 곤혹의 문제성을 시론과 관련해서든 새로운 독법과 관련해서든 얘기할 수 있다면?"

그는 빙긋 웃었던 것도 같다. 그는 이렇게 말문을 열었다. "질문을 하나 할게요. 무엇을 참 잘 '형상화'했다, 고 말하잖아요. 국문학에서 형상화라는 용어와 개념이 문학비평의 중요한 해석적 방법으로 등장하고 정착한 때가 언제부턴가요?"

글쎄? 너무나 자명해졌다는 것은 그 기원을 잊었다는 뜻이기도 할 것이다. 기원의 망각과 함께 특정한 사태나 관념은 탈역사화되고 본질적인 것으로 변해버린다. 어쨌든 지금 이 자리에서 중요한 건 대답이 아니라 질문 그 자체일 것이다. 왜 그는 '형상화'라는 문학적 개념의 자명성을 깨뜨리려고 하는가. 이제부터가 본론이다.

"형상화라는 관념은 중고등학교 시교육의 장에서는 물론이고 창작 연습을 할 때에도 중시하게 되는 무의식적 장치로 기능하죠. 이 익숙한 개념에

너무 오랫동안 매여 있었던 것은 아닌가, 그런 생각이 들어 질문을 해본 거예요. 형상화한다는 것은 제재와 대상을 전제하고 그것에 대한 단순한 모방을 넘어서는 예술적 재현(다시 나타나게 하는 것, 예술적 질료를 통해 존재하게 하는 것)을 실현한다는 것인데, 형상화의 관점으로 포섭되지 않는 예술의지가 있잖아요. 더욱이 형상화 이전과 형상화 이후의 거리를 좁게 설정하고 있을 때 형상화라는 개념은 현대적인 작품에 대해선 거의 무용해지죠.

누군가 내 시를 '언어로 만든 놀이공원'이라고 하던데(고종석, 「몽환가가 설계한 낯선 놀이공원으로의 초대」), 그 표현에 동의할 수 있어요. 놀이는 진위의 저편에 있는 거죠. 청룡열차를 타는 걸 놓고 옳다 그르다 진위를 따지기는 어렵잖아요. 어쩌면 시는 진위를 가리기 어려운 데서 출발하는 걸 거예요. 그래서 플라톤이 이상국가를 설계하면서 시인이란 존재는 좀 딴 데 가서 놀게 해야겠다고 생각했던 게 아닐까요. 우리의 문학사는 오랫동안 사회역사적인 가치로부터 무관해지기 어려웠기 때문에 놀이하는 인간을 수용하기 어려웠어요. 청룡열차 타는 건 신성한 노동과 가치의 세계에서 당연하게 배제돼 왔던 거죠. 내 시가 젊은 세대에게 보다 더 친숙하게 읽혔다면, 그건 아마도 그 세대가 진위와 관계없는 축제로서의 예술적 표현에 더 가볍게 도달할 수 있는 세대이기 때문일 거라는 생각이 드네요."

#3

첫번째는 나
2는 자동차
3은 늑대, 4는 잠수함

5는 악어, 6은 나무, 7은 돌고래
8은 비행기
9는 코뿔소, 열번째는 전화기

첫번째의 내가
열번째를 들고 반복해서 말한다
2는 자동차, 3은 늑대

몸통이 불어날 때까지
8은 비행기, 9는 코뿔소,
마지막은 전화기

숫자놀이 장난감
아홉까지 배운 날

불어난 제 살을 뜯어먹고

첫번째는 나

열번째는 전화기

—「6은 나무 7은 돌고래, 열 번째는 전화기」 전문

의미는 배치에서 나온다. 박상순의 시를 읽으면서 나는 '배치의 의미'와 더불어 '배치의 미학'을 생각했다. 이 배치는 박상순의 섬세한 감각과 연출에 의해 씌어진다. 박상순은 '구조'라는 용어를 사용해서 말했다.

"100년 전에 이미 문학의 가치관과 세계관은 구조에서 나온다는 발언이 있었지요. 내 경우에 시쓰기는 의미가 일차적으로 먼저 고려된 상태에서 진행된다기보다는 구조적인 문제가 더 많이 고려되는 가운데 이루어져요. 그렇다고 해서 무의미에 대한 지향이 있는 건 아니에요. 대학에서 전공한 회화가 아니라 언어를 선택하게 됐던 데는 의미에 대한 추구가 강력하게 작용했어요. 그러나 의미 자체보다는 의미가 드러나는 방식들에 대해 관심을 갖고 있죠. 그런 형식을 통해서 내 안에 응축되어 있는 어떤 의미가 내가 살아있는 시대에 표출되기를 바라죠."

나는 다시 한번 최승호의 언급을 떠올린다. 이번에는 박상순의 두 번째 시집 『마라나, 포르노 만화의 여주인공』에 붙여진 뒷표지 글의 마지막 대목이다. "앙리 미쇼는 고통스러울 때 초현실적으로 울부짖었다. 그러나 박상순은 울부짖지 않고 어떤 고통을 삼킨 채 조용히 있다."

정말이지 박상순은 조용히 있는 듯하다. 다르게 표현해본다면, 박상순의 시는 미니멀하게 존재한다. 그러나 박상순의 시는 특이한 방식으로 서정적이다. 그러므로 나는 슬픔(슬프다)과 고독(고독하다)과 공포(무섭다)를 매우 독특한 방식으로 낯설게 체험하게 된다. 이를테면 「6은 나무 7은 돌고래, 열 번째는 전화기」에서도.

"말하자면 감정적인 관형어 같은 것의 거세를 치밀하게 하는 편이지만, 정서적인 반응이 일어나는 서정시로서의 면모는 버리지 않고 있는 부분이죠. 그렇게 나무토막 같은 언어들을 가지고 어떻게 연출해서 서정을 드러나게 할 것인가는 나한테 중요한 문제들 중의 하나예요. 상투적인 공감이나 현혹이 아닌 방식을 끊임없이 찾고 있어요."

#4

> 그래서 사실적인, 사실적인, 지극히 사실적인. 그리하여 낯선, 낯선, 낯선, 무의미한 죽은 몸. …… 뒤엉킨 내 청춘의 가시 줄기를 거세하여 나를 사실의 세계에서 진실로 살게 하는 극사실의 섬세함이여. 언어여.

현대문학상 수상소감에서 그는 이렇게 극사실의 섬세함으로 언어를 호명하고 있다. 박상순 시를 논하는 데 거의 자동적으로 따라붙는 초현실, 환상, 무의식, 반리얼리즘 같은 용어들을 떠올린다면 어리둥절하게 들렸을지도 모르겠다.

"그래요, 많은 사람들은 내 시에서 전체의 말 뭉치를 보면서 초현실, 환상, 무의식, 반리얼리즘 같은 걸 느끼거든요. 잘못된 판단은 아니에요. 그렇지만 단어나 문장의 수준에서 본다면 내 언어는 지극히 구체적이고 섬세한 사실성의 세계에서 시작되지요. 나는 초현실보다는 섬세한 언어에 대해 더 큰 관심을 가지고 있어요. 르네 마그리트의 그림이나 달리의 그림을 떠올려보세요. 그들의 그림은 극사실적인 표현을 통해 현실을 넘어서죠. 그래요, 환상이라고 말할 수 있는 것들을 나는 만들어내지요. 그토록 사실적인 것들이 어떻게 환영을 만들어 가는가, 바로 거기에 언어의 마력이 있지요. 언어는 사실성, 다시 말해 대상을 지시하는 기능을 존립기반으로 하는 거잖아요. 네모에 검은색 칠하는 것(말레비치, 「검은 사각형」)은 합법적이지만, '엄마'를 뒤집어서 '마엄'이라고 하는 건 고려할 것도 못 되죠. '엄마'처럼 그렇게 지시적이고 사실적인 언어들이 모여서 존재하지 않는 것을 존재하게 한다는 것은 매우 놀라운 일이에요."

이미 있는 것을 재현하는, 그리하여 궁극적으로 대상과의 일치라는 인식론적인 대응에 부합하는 모방의 세계가 아니라, 박상순이 미적으로 기획하고 연출하는 세계는 이미 있는 것들을 가지고 아직 없는 것을 존재하게 하

르네 마그리트, 「골 콩드」, 1953

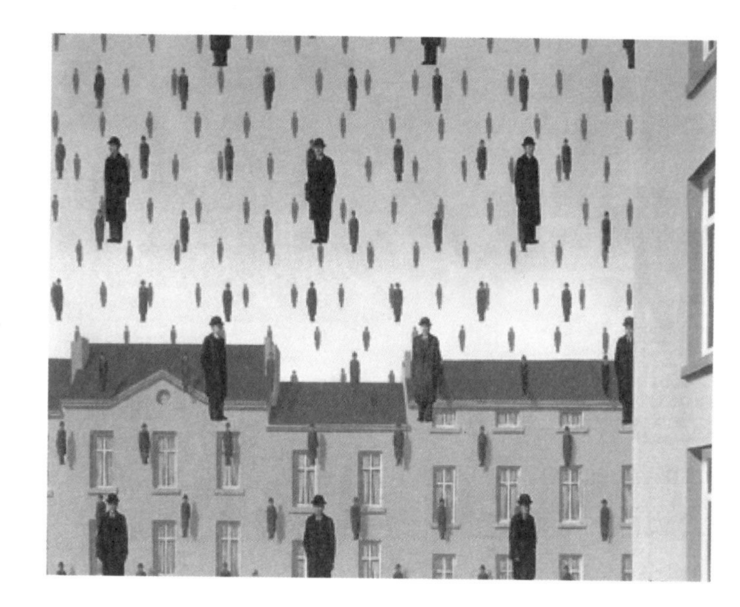

는 세계라고 할 수 있겠다. 지금까지 없었던 새로운 현실이 극사실의 섬세한 언어들로부터 피어난다.

#5

내 이름은 윤아야. 가수 김윤아. 좋아하는 뮤지션? 그런 건 없어. 시집. 그런 건 안 읽어. 책? 『고원—정신분열증 2』를 몇 쪽 봤을까? 책 표지는 기억해. 시인. 빵공장, 마라나. 그런 시를 쓴 시인의 디자인일 거야. 아무튼 내 이름은 윤아야.

까르푸에서 그 시인을 보았어. 내 얼굴은 몰라. 그 사람은 나를 몰라. 그는 파니 프라이스만 생각해. 그 여자는 화가야. 화가 지망생. 이탈리아에서 죽었대. 이야기 속의 이야기야. 엑스트라였나 봐. 그런데도 그 여자만 생각해. 하지만 내가 만든 노래야.

사실 내 이름은 파니야. 스페인어 할 줄 아니? 내가 복사했어. 가수 김윤아의 노래. 내 친구 윤아가 감기약을 먹고 누워 잠들었을 때, 나와 함께 가기로 한 스페인 꿈을 꾸고 있을 때 내가 했어. 어떻게 된 거냐구? 물음표를 뒤집어봐. 새우 한 마리. 바다에서 잡혀 온 새우 한 마리. 탱고 춤을 출 거야.

하지만 잘 생각해! 속으면 안 돼! 내 이름은 윤아야. 가수 김윤아. 정신적인 윤아, 즉물적인 윤아. 하지만 내게는 없어. 인상적인 윤아, 사실적인 윤아, 표현적인 윤아. 대면적對面的인 윤아. 침투적인 윤아. 음악은 좀 아니? 오르페우스와 에우리디케의 사랑이 슬프다고 생각하니? 미니멀하지! 잘 생각해. 내가 복사했어.

미니멀한 것으로 한 곡 들려줄까? 하지만 뒤틀 줄도 알아야 해. 내 비극의 컬러를 모르면 마라톤 경주를 관람할 수 없단다. 본

능이라고 생각하진 마! 눈을 감으면 잘 들리니? 귀를 막으면 더 크게 들리지? 그 사람 이야기를 다시 해볼까? 빵공장, 마라나. 그런 시를 쓴 사람 있잖아. 사실은 내 시야. 새우 한 마리. 바다에서 잡혀온 새우 한 마리.

내 이름은 윤아야. 가수 김윤아. 너에게도 써줄까? 아니면 한 곡 들려줄까? 컬러풀한 걸루. 아이덴티티는 너무 20세기적이야. 난 움직여. 움직이고 있다구. 하얗게 밀려오는 밤바다의 파도. 이른 아침 7시 50분에 시 청사 정문 앞 도로변에 서보면 다 보여. 현대적으로, 21세기적으로, 그렇지만 능숙하게 르네상스식으로도. 너도 한번 볼래? 하지만 잘 생각해! 속으면 안 돼. 나 말고, 나 말고, 너에게 속으면 안 돼. 사실 내 이름은 꿀벌이야. 레이스가 달린 새하얀 속옷이야. 새우야. 하얗게 밀려오는 밤바다의 파도. 동사야. 명사야. 알타미라 벽화야. 칫솔을 사러 가는 곰인형이야. 변신이야. 장치야.

밤이야. 아침이야. 하늘이야. 땅이야. 새벽이야. 바다야. 33. 44. 66 — 나야. 나.

—「가수 김윤아」 전문

이렇게, 세 번째 시집 『Love Adagio』 12~14쪽을 펼쳐 놓고 우리는 얘기를 나누었다. 이 시는 그가 확인시켜 준 대로 시론 같은 면모가 두드러지는 시다.

먼저, '그녀들'에 대한 이야기. 박상순의 시에는 많은 여성들이 등장한다. 두 번째 시집부터 뚜렷해진 현상이다. 위 시에는 가수 김윤아가 있고, 파니 프라이스만이 있다. '마라나. 그런 시를 쓴 시인', 박상순은 많은 여성인물들에게 이름을 붙여주었다. 그는 김윤아 같은 한국식 이름보다는 자네트, 마라나, 이케와키 치즈루 같은 외국이름들로 여성인물들을 더 즐겨 불렀는데, 어쨌든 박상순이 만들어낸 이 넘치는 여성인물들은 박상순의 영혼과 특별하고 섬세한 신호를 주고받고 있다는 느낌을 준다. 반면에 그의 시에 나오는 남성들은 대체로 이름이 붙여지지 않은 익명성 속에서 추상적인 폭력성을 띠거나 외부성을 지니는 경우가 많다. 박상순이 연출하는 무대에 등장하는 그녀들이 궁금했다.

"아, 그렇군요. 그러고 보니 남자한테는 이름을 별로 붙여주지 않았네요. 아무튼 그녀들의 이름을 불러주고 싶어요. 왜 그럴까요? 내가 남자이기 때문인가(웃음). 별로 생각해보지 못한 문제네요. 어쨌든지, 영어이름, 일본이름, 프랑스이름 등등의 외국사람 이름들과 외국지명들을 쓰는 건 그냥 자연스러운 거예요. 꽤 오래 전부터 이미 그것들은 먼 나라의 이름이 아니라 우리들의 문화 속에 침투해서 살고 있는 거잖아요. 바로 요 앞의 삼성플라자(분당 서현역)가 자연스러운 것처럼. 그리고 우리가 매일 몇 통씩 주고받는 e-mail 주소의 알파벳들이 그렇듯이 말이죠. 서울이라는 도시에서 외국어는 이미 부분적으로 토속어가 되었어요. 그런데, 내가 한국이름보다 외국이름을 자주 쓰게 되는 건, 그럼에도 불구하고 한국이름으로 부르면 인물과의 거리가 너무 가까워져서 내가 의도하는 연출이 잘 안 되기 때문이에요."

농담처럼 그 자신이 남자라서 그녀들의 이름을 불러주고 싶었나보다고 했지만, 박상순은 확실히 그녀들의 이름을 부르는 남성의 화법으로는 매우 특이한 지점에 있다. 그는 묘하게 여성적인 유대감을 형성한다. 나의 개인적인 취향일 텐데, 나는 남자시인의 너무나 남성적인 시선의 시나 여자시인의 너무나 여성적인 시선의 시에는 별로 매력을 못 느낀다. 성적 정체성이라는 상투성을 넘어서는 문제는 내가 언제부턴가 고민하게 된 문제인데, 그야 어찌됐든 박상순이 불러낸 여성들은 내 마음에 든다.

#6

"33, 44, 66 — 나야. 나." 다시, 시 「가수 김윤아」의 한 구절을 빌려 얘기를 이어간다. '33, 44, 66'과 같은 숫자들뿐만 아니라 알파벳이나 도상기호들, 그림들을 배치할 때 고려하는 것들 그리고 이러한 배치(연출)에 관여하는 미학적인 관심이나 흥미에 대해 얘기해주세요.

"존재하는 모든 기호들의 섬세한 매력을 발견해주려고 애쓰고 있어요. 전화번호나 통장에 적혀있는 숫자와 같이 일상 속에 들어와 있는 숫자는 극

사실의 언어들이지요. 알파벳이나 기호, 그림도 마찬가지죠. 모두들 대단히 섬세한 연출이 가능한 배우들이에요. 이들이 모여서 사실의 세계를 넘어서게 되죠. 33, 44, 66('삼삼, 사사, 육육'을 의도한 배열이지만 '삼십삼, 사십사, 육십육'으로 읽힐 수도 있다는 것까지 고려했죠)이라는 배열이 만들어내는 리듬이나 효과 같은 것이 중요해요. 함께 모여 있을 때 연출하게 되는 기호적 의미에 관심을 갖고 있어요.

'동시성', '참여적 공간', 그런 걸 생각하고 있어요. 이를테면, '정신적인 윤아, 즉물적인 윤아, 인상적인 윤아, 사실적인 윤아, 표현적인 윤아, 대면적인 윤아, 침투적인 윤아'가 동시적으로 드러나는 몸의 표현. 이러한 동시적인 공간에서 독자와 함께 어떻게 참여적인 성격을 유지할 것인가, 라는 문제에 대해 고민해요. 여러 층위의 기호들이 동시적으로 출현하여 참여적인 공간을 만들어 낼 수도 있겠지요. 이들이 함께 있는 게 낯설지는 모르지만, 함께 있기에 그렇게 나쁘지는 않을 거예요. 함께 있는 게 내 시에서는 편하다고 생각해요. 다만 왜 함께 있어야 되는지, 함께 있는 자리에서 떠나면 어디에 있었다고 말해야 하는지 다 궁금해질 뿐이죠. 그렇지만 함께 있기 불편하다면(간혹 의도적으로 그 불편함을 만들기도 하는데), 그 이유는 대면적인 관계 속에서 바라보려고 하기 때문일 거예요. 참여적 공간을 대면적으로 바라보는 데서 생기는 불편함이죠. 내 시는 한 걸음 물러서서 바라보기에는 불편한 시일지도 모르겠어요. 그래서 그 안으로 쑥 들어와버렸는데 들어와보니까 내가 밟고 있는 게 뭔지 모르겠다고 말할 수도 있겠죠."

#7

이번에는, "오르페우스와 에우리디케의 사랑이 슬프다고 생각하니? 미니멀하지!"라는 구절에 기대어서 물었다. 박상순의 시와 미니멀리즘이 만나는 지점에 대해서. 그리고 왜 오르페우스와 에우리디케의 사랑을 미니멀을 말하는 데 있어서, 혹은 미니멀을 오르페우스와 에우리디케의 사랑을 말하는 데 있어 강조(!)해야 하는지?

"내 시가 미니멀리즘에 닿는 부분이 있을 거라고 생각해요. 나는 많은 것들을 잘라내니까. '외롭다, 괴롭다, 화났다, 슬프다'도 잘라내고, 꾸며주는 말들도 잘라내고 말하자면 뼈만 남기는데, 때로는 그 뼈조차 토막 내서 다리뼈인지 허리뼈인지도 알 수 없는 뼈들을 늘어놓죠. 그런 뼈들을 사진촬영한 것 같은 모습으로 드러내는 경우도 있구요.

동굴을 빠져나갈 때까지 뒤돌아보지 말라는 말을 어길 수밖에 없었던 것이 오르페우스의 사랑이에요. 오르페우스가 뒤돌아보는 순간, 여자를 확인하는 순간 모든 게 '꽝'이 되죠. 죽음의 세계까지 내려가서 다시 찾은 사랑이, 그 모든 것이, '꽝'이 되는 바로 그 순간을 '미니멀'하다고 할 수 있을 거예요. 사람들은 모든 것이 한 순간에 슬프게 무너져 내렸다고 말하겠지만 그 순간에도 사랑이 끝난 건 아니죠. 정지됐을 뿐이죠. 과거도 미래도 사라지는 그런 현재의 한 지점이 남게 되는 거예요. '미니멀'한 자르기는 오르페우스와 에우리디케의 사랑처럼 잘리는 것이어야 한다고 생각해요. 오르페우스와 에우리디케의 사랑이 없는 미니멀리즘은 증류수가 되겠죠."

#8

나는 「가수 김윤아」에서 시대적인 표현을 발견한다. "아이덴티티는 너무 20세기적이야. 난 움직여. 움직이고 있다구."

아이덴티티라는 것이 너무 20세기적이라는 의미에서, 우리 문학사의 첨단인 이상은 20세기적인 첨단이라고 할 수 있다. 분열적인 자아를 통합하는 문제에 있어서 그 실패를 자의식적으로 과시해보인 데서 이상의 문학사적 의의를 찾을 수 있을 것이다. 이상은 나의 분열을 괴로워했다. 그렇지만 이상의 지평선을 넘으면 이상의 실패는 조건이 된다. 이 조건을 살아가는 태도는 물론 다양할 것이다. 그 가운데에는 균열을 부정적인 현실로 대하는 것이 아니라 놀이의 조건으로 삼는 시적 모험이 있다. 물론 그 놀이가 마냥 재밌고 즐겁기만 한 것은 아니다. 이를테면 박상순의 시가 그렇지 않은가.

"이상의 문제제기는 문학사적으로 매우 중요하지요. 그럼에도 불구하고 최초의 문제제기를 연장하는 방식으로 이상의 수명을 연장하는 건 우리 문학사를 좁히는 결과를 가져올 수 있어요. 이상의 연장선에서 새로운 시들을 배치할 필요는 없을 거예요. 이상은 '대면적'이었어요. 그는 '침투적'이거나 '상호교환적'이지는 못했어요. 잭슨 폴록의 액션은 이상과는 다르죠. 폴록은 캔버스를 마룻바닥에 깔아놓고 담배를 피우면서 그 위를 걸어다니며 물감을 붓거나 뿌리는 식으로 작업을 했어요. 예술가와 예술행위와 작품이 상호교환적이고 침투적이었다고 할 수 있겠죠. 폴록의 작업에서 우리는 환경적인 적극성을 찾아볼 수 있어요. 이상은 폴록처럼 그림 속으로 들어가지를 못해서(거울을 출입할 수 없어서) 괴로워했던 것 같아요. 나는 이상처럼 자화상을 열심히 그려내는 사람은 아니에요. 내 문제라면, 너무 많은 복제된 내가 넘쳐서 문제지."

그의 얘기를 흥미롭게 듣다가, 나는 문득 오시이 마모루의 애니메이션 〈공각기동대〉의 쿠사나기 소령을 떠올렸다. 사이보그인 쿠사나기 소령은 전뇌로 심어진 기억 위에서 진정한 '자아'라는 것이 가능한가라는 문제, 다시 말해 아이덴티티에 대한 고민으로 인해 우울한 얼굴을 하고서 등장한다. 그러나 그녀의 이 20세기적인 고뇌는 '자기동일성'에 머무르는 것이 자신을 어느 한계로 제약한다는 걸 결정적으로 깨닫는 지점에서 무화되어버린다. 그녀는 제한된 구성물이라 할 수 있는 '낡은 자아정체성'과 능동적으로 이별하고 광대한 네트 속으로 뛰어드는 새로운 존재론적인 모험을 선택하게 된다. 이 마지막 장면에서 쿠사나기가 던지는 대사가 바로 "자, 어디로 갈까. …… 네트는 광대해"이다. 이 장면에선 박상순의 시 구절을 빌려와도 좋을 것 같다. "아이덴티티는 너무 20세기적이야. 난 움직여. 움직이고 있다구."

"그런 내용이라면, 나는 〈공각기동대〉의 쿠사나기와 같은 길을 걸었다고도 할 수 있겠네요. 자아에 대한 탐구로부터 출발해서, 나는 여기도 있고 저기도 있다는 데까지 왔으니까요.

어쨌든 시에 대해 말하는 것은 참 어려워요. 시에 대한 생각을 말하는 건데, 만들면서 해체하는 과정 중에서(고민의 과정에서) 말하는 것이라 어려울 수밖에 없겠지요. 시로 완성될 때는 그 고민 자체가 빛날 수도 있는데, 산문적인 발언으로 정리될 때라면 고민은 그만큼 오해의 소지가 되기도 하죠."

#9

'너는 숙제이다. 어디에도 학생은 없고.' 카프카의 말입니다. 이런 말은 엄숙합니다. 읽는 이를 심각하게 만듭니다. 하지만 내 앞에 심각한 무엇이 놓여 있다고 해서 내가 늘 심각해지는 것은 아닙니다. …… 내 숙제는 어디에도 없습니다. 그냥 내가 늘 문제

잭슨 폴록(1912~1956)의 액션페인팅.

이지요. 그렇지 않습니까? 문제를 바라보는 내 시선이 늘 문제가 됩니다.

— 산문 「누군가의 배경으로 끌려 온 하늘」에서(『문학사상』, 2006.4)

시를 쓰는 박상순은 문제를 푸는 사람이 아니라 문제를 만들어내는(제출하는) 사람이라고 말할 수 있을 것이다. 문제를 바라보는 내 시선이 늘 문제가 된다는 것.

"스핑크스의 수수께끼는 못 풀어도 괜찮은 것이거든요. 죽음의 룰이 있다는 것은 죽어도 좋다는 것을 설정하고 있는 것이니까요. 죽음의 룰이 있다는 것이 이 수수께끼놀이의 전설을 흥미롭게 만들지요. 이 전설은 수수께끼의 정답(아침에는 네 발, 점심에는 두 발, 저녁에는 세 발로 걷는 짐승이 인간이다) 그 자체만으로는 그렇게 매력적인 이야기가 될 수 없었을 거예요. 나의 퇴장이 있어서는 안 되는 게임은 정당한 게임이 아니에요. 놀이의 매력은 게임의 룰이 얼마나 흥미로운가에 달려 있다고 할 수 있어요. 미학적으로도 그렇지요. 나는 이제 우리 문단에 죽음을 받아들이는 게임을 즐길 줄 아는 세대가 본격적으로 등장했다고 생각해요. 이들은 각자의 방식으로 멋진 룰들을 만들어내겠죠. 다만, 게임의 룰이 너무 어수선해서는 안 될 거예요. 그리고 내가 그동안 몇 가지 문제를 냈다면 그건 문제를 내는 방식들을 달리 만들었다는 거겠죠.

문제는 발견이고 시선이라고 생각해요. 시선이 늘 문제지요. 왜 우리는 그것을 문제라고 생각하는지, 왜 나한테는 작은 문제가 그에게는 큰 문제인지, 반대로 나한테는 큰 문제가 왜 그에겐 작은 문제인지 등등, 문제를 바라보는 시선들에 대한 탐구를 한편으로 하고 있어요."

#10

"정신은 거의 언제나 게으름뱅이였지만, 대학교 입학한 날부터 요즘처럼 한가한 시간을 가져본 적이 없어요. 참 한가한 오후예요."

그는 레슨과 기타 잡다한 아르바이트를 하면서 바쁜 대학시절을 보냈고, 오랫동안 출판사에서 근무했으며, 민음사의 사장직을 그만 둔 지 얼마 되지 않았다. 그런 그에게 한가한 오후의 날들이 그리 길게 주어질 것 같진 않은데, 내가 박상순을 만난 날은 시간의 매듭이 보이지 않는 참 한가한 월요일 오후였다. 일요일처럼. 8요일처럼.

그가 또 재밌는 게임을 생각하고 있는 것 같다.

(2006년 봄)

1966년 전북 정읍 출생. 서울예대를 졸업하고 명지대 문예창작과 박사과정 수료. 1991년 『한국일보』 신춘문예에 시 「가구의 힘」이 당선되어 등단. 시집으로 『나는 이제 소멸에 대해서 이야기하련다』(1994), 『빵냄새를 풍기는 거울』(1997), 『물속까지 잎사귀가 피어 있다』(2002), 『춤』(2005). 산문집으로 『저녁의 무늬』(2003), 『아름다움에 허기지다』(2007). 동서문학상, 현대시학작품상 수상.

빛의 소묘

냄새로 풍겨나오는 어린 시절을 물끄러미 바라보며

밥 먹으러 식당 가는 길, 저녁에

문득 날이 밝아오고

어둠이 개이고 새들은 공기의 속으로 날아

내 마음은 자꾸만 자리가 넓어진다

—「중국집」에서

1. 지상의 빛과 천 년의 추억

박형준은 천천히 말을 이어나갔다. 때로 길벗이 생겨 나란히 걷는다면 서로의 어깨가 닿고, 마주 오는 사람과 지나칠 때면 옷깃을 스치지 않을 수 없는 그런 좁은 길을 그는 천천히 걸어가고 있는 것 같았다. 그는 연필로 그린 세밀화처럼 부드럽고 순하게 풍경화를 그려냈고, 가끔씩 이상한 물감을 풀어놓기도 했다.

무슨 얘긴가를 듣다가 나는 그의 기억력에 대해 감탄했다. 나의 감탄에 대해서 그는 이렇게 말했다. "기억력은 별로 좋지 못해요. 다만, 왜 그런지 모르겠지만 자꾸자꾸 뒤돌아보고 생각을 하게 돼요."

프루스트의 '홍차에 적신 마들렌' 과자처럼, 그를 잃어버린 시간들 속으로 걸어가게 하는 것은 무엇일까. '기억의 시인'이라 불릴 만한 박형준에게 기억의 행위는 거의 운명적인 무엇처럼 느껴지기도 했다.

"바슐라르는 날아가는 꿈이 꿈 중에서 상급에 속하는 거라고 했어요. 그 단계를 넘어서 최상급의 꿈은 발바닥에 날개가 돋아서 로켓처럼 날아가는 거라고 했죠. 그런데 저는 비상하는 꿈을 단 한번도 꿔보지 못했어요. 꿈속에서도 늘 뭔가에 눌려있고 간섭을 받아요. 영혼이 맑거나, 윤회를 많이 하지 않은 사람들이 날아가는 꿈을 잘 꿀 것 같아요. 윤회를 많이 한 사람은 때가 묻어서 그런 좋은 꿈을 꾸기 힘든 게 아닌가 싶어요. 예, 저는 윤회를 많이 한 사람일 것 같아요. 윤회는 해탈을 못해서 하게 되는 거잖아요. 『티벳의 서』를 읽어보면, 해탈은 선업이니 악업이니 하는 것과는 아무런 관계가 없대요. 이렇게 설명하고 있죠. 사람이 죽으면 하늘에서 빛 한 줄기가 내려오고 그리고 지상에서도 빛 한 줄기가 올라온다고 해요. 죽은 영혼이 하늘의 빛을 따라가면 해탈을 하게 되고, 지상의 빛에 이끌리면 윤회를 하게 된대요. 그런데 하늘에서 내려오는 빛은 너무너무 맑아서 그걸 잡을 엄두가 잘 나지 않는다는군요. 그래서 대부분의 사람들이 지상에서 올라오는 빛을 따라가게 되겠죠. 지상의 빛은 탁하지만 연민을 불러일으킨다고 해요. 죽은 영혼은 49일간 그 빛의 교차(선택) 속에 놓이게 된다는데, 저는 언제나 끝내 지상의 빛을 쫓아간 존재일 것 같아요."

'윤회'라는 말과 함께 기억의 두께는 한 생을 넘어서 아득한 시간의 계곡이 되고 천 년의 이끼를 간직한 탑이 되었다. 그리스 시대의 어떤 종교적이고 학구적인 집단은 완전성에 도달하기 위해서는 이전의 생, 겹겹의 주름진 전생들을 기억해야 한다는 믿음을 가지고 있었다. 수數에 대한 명상을 통해 전생의 기억에 이르려고 했던 피타고라스학파의 사람들. 피타고라스는 누구보다도 많이 환생의 기억을 간직하고 있다고 여겨졌던 까닭에 신과 인간의 중매자로 받들어졌다고 알려져 있다.

뭐, 그런 얘기를 하고 있는데, 박형준은 보들레르의 시 한 구절을 중얼거렸다. "나는 천 년보다 더 많은 추억을 가지고 있다."

나는 천 살을 먹은 것보다 더 많은 추억을 가지고 있다.

계산서와 시, 연애편지, 소송 서류,
사랑의 노래, 게다가 또 영수증 속에 돌돌 말린
무거운 머리털 등이 서랍들 안에 가득 찬 커다란 장롱도
내 슬픈 두뇌만큼은 비밀을 감추고 있지 않다.
내 두뇌는 하나의 피라밋드, 하나의 광막한 지하 매장소,
그것은 공동묘지보다도 더 많은 주검들을 지니고 있다.
—나는 달도 싫어하는 하나의 묘지,
거기엔 회한처럼 구더기들이 길다랗게 줄을 지어 기어다니고,

언제나 내 가장 사랑하는 주검들에게 악착스레 달라붙는다.
나는 시든 장미꽃들로 가득 찬 하나의 낡은 도장방,
거기엔 유행에 뒤떨어진 갖가지 물건들이 묻혀 있고,
애처로운 파스텔 그림과 색 바랜 부셰의 그림들만이,
홀로, 마개 뽑힌 향수병의 냄새를 맡고 있다.

절뚝거리고 가는 날들보다도 더 지루한 것은 없다,
눈 많이 내린 해들의 무거운 눈송이 아래
우울한 무관심의 열매인 권태가
불멸의 크기로 확대될 적에는.
—이제부터 너는, 오 살아 있는 물질아!
어렴풋한 공포에 둘러싸여서, 안개 낀 사하라 사막 오지娛地에서
졸고 있는 하나의 화강암에 지나지 않다,
무심한 사람들이 모르쇠하고, 지도 위에서도 잊혀지고,
그 사나운 심사를 오직 저무는 햇살에게만 노래 부르는
하나의 늙은 스핑크스에 지나지 않다.

— 보들레르, 「우울」(정기수 옮김)

천 년보다 더 많은 추억을 가진 나의 '슬픈 두뇌', '늙은 스핑크스'를 박형준은 기억의 상징이 아니라 망각의 표시라고 했던가. '불멸의 크기로 확

대'되면, 기억은 영원과 통하고 망각에 이르는가. 이성복의 표현 "詩가 詩를 구할 수 있을까", "내가 나를 구할 수 있을까", "왼손이 왼손을 부러뜨릴 수 있을까"(「어째서 이런 일이 벌어졌을까」)를 빌려, 나는 머리를 약간 흔들며 묻는다. 기억이 기억을 구원할 수 있을까?

나로선 그 깊이를 알 수 없지만, 아니 믿을 수 없지만, 나는 가령 박형준의 이런 문장 앞에서 오래 머문 적이 있다.

> 모두가 죽지 않는 유년의 王國에서, 어느 날 갑자기 어른이 되어 죽은 사람들과 식탁에 둘러앉아 식사를 하는 풍경 속에서, 마치 오세기나 이 이전의 깊은 지층에서 살아나는 듯한 추억 때문에 숟가락을 놓쳐 본 적이 있는가
>
> 나무 뒤에 숨어 바라보는 집과 집 뒤에 숨어 바라보는 나무는 늘 슬픔에 관해서 생각하게 만든다. 짙은 연못을 바라보는 일만으로 하루를 보내본 사람은 안다. 그게 얼마나 참담한 人生인가를
>
> —『나는 이제 소멸에 대해서 이야기하련다』 뒷날개의 시인의 말에서

그는 스스로를 '아주 느린 사람'이라고 표현했다. "서른 살 때에야 가까스로 열 살, 열두 살에 와 있었던 것 같아요. 요즈음은 인천에 살았던 때 생각을 많이 해요. 마흔이 되어서 20대 중반을 달려가고 있는 거죠."

2. 전학생과 문학의 입구

인천. 그는 초등학교 5학년 때 고향 전라북도 정읍을 떠나 그 당시 인천에서 공장을 다니던 형과 누나가 있는 곳으로 전학을 하게 된다. 나는 어디선가 그에게 '전학'이 인생의 꽤 큰 사건에 속한다는 것을 읽은 적이 있다. 사실 그건 내게도 해당되는 '사건'이다. 나는 초등학교 6학년 때 부산에서 서울로 전학을 했다. 나는 경상도 사투리를 지우기 위해, 언어의 섬으로 남

지 않기 위해서 의식적인 노력(!)을 상당히 기울려 사투리를 (잃어) 버렸는데, 박형준의 말씨에는 고향 사투리가 '붉은 댕기'처럼 아련하게 남아 있었다. 나는 또 그 흔적을 지우고 여기다 그의 말을 옮기고 있지만.

세상의 많은 전학생들이 인생의 특별한 분수령을 살고 있을 것이다. 나는 그에게 그때 이야기를 좀 해달라고 청했다.

"신태인하고 내장산 중간쯤에 제 고향은 자리하고 있었어요. 추석 같은

"얼마 전부터 일주일에 한번씩 조선대에 강의를 하러 가는데, 호남선을 타고 가다보면 그 철로를 따라 고향집이 보이고 아버지 묘도 보여요."

날 영화를 보러가게 되면 정읍으로 갔고, 중국집 같은 델 가려면(중국집 냄새가 맡고 싶어지면) 철로를 따라 신태인읍으로 갔었죠. 그 시절, 시골애들에게 도회지라는 건 철로변에 떨어져 있던 껌종이에서 느껴지는 것, 껌종이에서 나는 냄새 같은 것이었어요. 그것을 주워 모아두었다가 딱지하고도 바꾸곤 했어요. 기차에서 누군가가 던져버린 껌종이는 우리들에게 그만치 가치가 있었던 거죠. 얼마 전부터 일주일에 한번씩 조선대에 강의를 하러 가는데, 호남선을 타고 가다보면 그 철로를 따라 고향집이 보이고 아버지 묘도 보여요.

기차가 있어서 그랬을 거예요. 초등학교 3학년쯤 되면 대부분의 아이들이 한번씩은 가출을 시도해보죠. 저는 못해 봤지만. 기차가 불러일으켰던, 껌종이와 짜장면 냄새로 어린 나를 끌어당기던 도회지에 대한 환상 같은 것이 있었어요. 용감한 아이들에게서 말로만 듣던 서울로 전학 간다는 것, 그건 굉장한 것이었어요. 비장해지기까지 하는 것이었죠. 전 그때 인천이 아니라 서울로 전학 간다고만 생각했어요. 저한텐 꿈(!)이 있었죠. 가난한 시골 아이들이 꾸는 출세의 꿈 말이에요. 기형도 시에 보면 상장을 접어 종이배를 띄우는 얘기가 나오는데, 저는 전학 가기 전날 상장들을 모조리 찢어버렸어요. 그런 것들은 다 잊어버려야 한다고 독하게 마음을 다지면서 혼자서 결별의 의식을 치뤘던 거죠.

서울로 가는 기차에서 차창으로 '보였다', '안 보였다' 하는 전봇대 전선줄을 가지고, 나뭇잎이나 꽃잎을 뜯으며 사랑의 점을 치듯이, 내내 '잘 될까', '안 될까' 하는 운명의 점을 쳤었어요. 눈이 오는 날이었어요. 서울역에 내려서 대우빌딩을 봤죠. 신경숙 선배의 소설에서는 공룡 같다고 했던 그 대우 빌딩은 당시엔 서울에서도 가장 큰 건물이었을 거예요. 특히 인상적이었던 건 엄청 많은 그 큰 유리창들(성채 같은 유리창!)이었어요. 도회지에 살면 저런 유리창 하나쯤은 가지고 살아야 하는 게 아닐까, 뭐 그런 생각을 했었죠. 거기서 경인선을 갈아탔어요. 그때야 알았죠. 내가 가는 곳은 서울이 아니었던 거예요. 도시를 보고 싶었어요. 전철에서 나는 안타까운 마음으로 창에 매달려 밖을 내다보았는데, 옆에 앉아 있던 아주머니 한 분이 내 털신에서 떨어지는 검은 물 때문에 뭐라고 했던 게 기억이 나요. 서울에서 인천으로 가는 전철의 창문은 느닷없이 시골풍경으로 바뀌었어요. 그때의 실망감은 뭐라 말하기 힘든 것이었어요. 내가 가는 곳은 시골의 '다른 시골'이었던 거예요.

그렇게 내가 살게 된 곳이 인천의 수문통거리였어요. 이사야 참 여러 번 해야 했지만 그 동네를 전전하며 십 몇 년을 살게 되었죠. 갯골이라 불렸던 곳. 『괭이부리말 아이들』이라는 책에 나오는 동네와 이웃해 있는 곳이죠. 가까이 공장지대가 있었고, 누나는 미싱공장에, 형은 푸른 작업복을 입고 대우중공업에 다녔어요. 지금은 복개가 되어 차들이 다니는 도로가 되었지만, 수문통은 바다가 드나드는 수로지요. 수문통 둑방에는 풀들이 자라고 여치가 울었어요. 양쪽의 수문통을 따라 낡은 목조 건물의 상가가 쭉 늘어서 있었구요. 마룻바닥을 뜯으면 그 밑으로 바다가 보이고 그대로 화장실이 되었죠. 그곳에서 소녀의 엉덩이를 처음 보기도 했지요. 비가 많이 오면 바닷물이 수챗구멍으로 역류했는데, 그러면 그 물을 막 퍼내야 했죠. 물고기도 건질 수 있을 것 같은 짠 바닷물이었어요.

문학이 가깝게 다가온 건, 누나도 형도 없이 혼자 방에서 뒹굴던 날들에 우연히 겉표지가 떨어져나간 책 한 권을 읽고나서였어요. 조세희의 『난장이가 쏘아올린 작은 공』. 그땐 겉표지가 없었으니 책의 작가도 제목도 몰랐고, 당연히 그렇게 유명한 작품이란 것도 몰랐죠. 뭣도 모르고, 나는 이런 게 문학작품이라면 나도 쓸 수 있겠다 싶었어요. 우리 가족 얘기 같고, 내 이야기 같았으니까요. 고등학교 문예반 시절, 이성복이 김수영 문학상을 받았다고 『세계의 문학』에 시가 수록된 걸 읽었을 때에도 비슷한 느낌을 받았죠. 저는 그때 시 되게 못썼는데요, 그럼에도 이성복 시에 나오는 '금촌'이니 '모래내'니 하는 데서 나의 체험과 만나는 걸 보고는 그만 문학이 내가 할 수 있는 그 무엇으로 느껴지게 되었던 거예요. 교과서의 문학작품들은 어쩐지 '애국' 같은 크고 높은 어떤 것으로 둘러싸여 있는 것 같아서 마음으로 다가가기 어려웠다면 말이죠. 그렇게 저는 시골도 아니고 그렇다고 서울 같은 도회지도 아닌 인천수문통에서 막연하지만 '문학물'을 먹게 되었던 것 같아요. 구질구질함을 끌어안고서.

고등학교 시절 문예반에 들어가게 된 건 의식적인 선택이었다기보다는 몇 가지 우연이 더 크게 작용했어요. 어쨌든 시를 꽤 잘 쓰는 친구들, 선배들이 많았어요. '회양목 그늘 아래로 낮게 낮게 저무는 하늘' 같은 그럴 듯한 표현들을 써내는 친구들이었죠. 석남이 형(장석남)이 일 년 선배였는데, 그 시절에도 찬란한 감수성을 드러내고 있어서 여학생들에게도 인기가 좋았고 앞으로 좋은 시인이 될 거라는 예감을 풍기는 사람이었어요. 석남이 형은 서울예대 일년 선배이기도 한데, 나중에 알게 된 사실이지만 초등학교 선배이기도 하더라구요. 저는 '둔재' 타입이었죠. 둔재에게는 끈질김, 어떤 지독함 같은 것이 살아남겠죠."

기억에 주름과 무늬를 만들어나가는, 그리하여 마흔이 되어 20대 중반을 느리게 통과하면서도 천 년의 추억을 사는, 기억으로 기억을 구원하고자 하는 박형준에게는 끈질김, 어떤 지독함이 그의 순하고 나직한 목소리 밑에 깔려 있을 것이다. 나는 다만, 여기에다 인천 수문통 시절을 거듭하여 다시 살면서 복개된 물길(사라진 물길)과 그곳 사람들을 되살려내는 그의 시 한 편을 적어두기로 한다.

바닷물이 수챗구멍으로 역류하곤 했다
장마철이면 수문통 사람들은
연어처럼 싱싱한 종아리를 걷고
무릎까지 올라온 바닷물을 따라
더 큰 바다를 향해 나아갔다
검은 바닷물에서 악취가 났지만
그것은 그들의 냄새였다

맑은 날이면 소금창고 속 같은

수문통시장을 걸어다녔다

햇빛이 콜타르를 칠한 나무판자 사이로

끊임없이 새어들어오고

삐걱삐걱 소리를 내며

바닥에서 바닷물이 흘러갔다

얼굴마다 수없이 그늘이 지나가

주름살이 되었다

다락방 같은 마루를 열고

소녀들이 오줌을 누고

눈부신 엉덩이가 철철 소리내며

먼 바다로 통신을 하였다

그렇게 바닥에서 삐걱대며

소금이 만들어졌지만

그들은 벌어져만 가는

가난의 더러운 벽에 몰아치는

겨울바람을 맞으며 늙고 죽었다

—「수문통」

3. 잠과 꿈

나는 그가 잠을 많이 잔다는 얘기를 또 어디선가 읽었다. 아마 그의 산문집 『저녁의 무늬』 어느 구석에서였을 것이다. '잠'이라면, 자랑할 것은 못 되겠지만, 나 역시 많이 자기도 하고 퍽 좋아하는 것이다. 그래서 그런 나를 아는 친구들은 나의 '잠'을 존중하여 오전에는 전화나 약속 같은 것을 피해 주는 편이다. 잠은 내게 '흑색의 보약'과 같은 것. 물론 몸이 요구하고 영혼이 청하는 만큼 늘 충분히 잘 수 있는 건 아니지만 말이다. 잠과 함께 누리는 꿈의 경험이 가끔은 두렵고 괴로운 것이기도 하지만, 왜 그런지 악몽조차도 이상한 매혹의 빛깔을 띤다. 모든 악몽이 다 그랬다곤 못해도. 나는 더 이상 꾸지 않는 어떤 악몽들에 대해선 어쩐지 아쉬운 마음까지 느끼는 것이다. 이제, 박형준의 이야기를 들어보자.

산문집 『저녁의 무늬』에서 또 찾은 구절. "나는 흑백 텔레비전을 처음 보았을 때를 기억한다. 다리가 네 개 달린 갈색 빛깔의 마술 상자. 그때는 모두들 '텔레비전'이 아니라 '테레비'라고 불렀다. 어딘지 모자라고 촌스러운 듯한 어감을 주는 '테레비'. 그 단어는 왠지 골목으로 나 있는 작은 창을 연상시킨다. 창에 커튼이 있듯이 흑백 테레비에는 문이 있다. 세상을 보기 위해서는 문을 열어야 하는 것이다." (「바라봄의 이쪽과 저쪽」) 박형준은 지금까지 '테레비'라는 단어를 버리지 않고 쓰고 있었다.

"요즘도 방학 때면 그렇지만, 예전에는 진짜 많이 잤어요. 일하는 게 무지 싫어서 회사 다닐 때도 맨날 지각하고 그랬는데. 요즈음은 점점 세상이 무서워지는 것 같아요. 그래서 일이 생기면 하려고 하는 편이 되었죠. 저번 올림픽 때, 13시간씩 잔다는 달리기 선수 이야기가 굉장히 인상적이었어요. 동지를 만난 듯 반가웠다고나 할까. 실업자(백수) 생활할 때는 그렇게 잠을 많이 자는 게 경제적으로도 상당히 유리해요. 아주 늦게 자면, 오후 3시, 4시쯤 일어나게 되는데, 세수하고 '테레비' 조금 보고("게으른 소처럼 방바닥에 엎드려 있다가 텔레비전이 나올 시간이면 발가락으로 스위치를 켜고 채널을 딸가닥 돌리던 시절도 있었다." 「저녁의 무늬」), 밥 먹을까 하면 9시. 잠깐 심심하기도 한데, 그쯤되면 밖에 나갈 일이 없어지니까 돈 쓸 일도 없어지게 되죠."

폴라 래드클리프? 나도 그녀가 인상적이었다. 나는 그녀가 보유한 놀라운 여자마라톤 세계기록보다 '잠'을 많이 잔다는 것 때문에 그녀의 팬이 될까 하는 생각을 잠시 하기도 했었다. 어쨌든 재작년인가 잠보 그녀의 이야기를 신문에서 읽고서 시를 한 편 쓰기도 했다. 이렇게 '잠' 예찬을 늘어놓다보니 우리의 다음 이야기는 꿈.

"가장 많이 꾼 건 뱀 꿈이에요. 거의 같은 장면으로 구성된 뱀 꿈을 반복적으로 꾸던 때도 있었어요. 잠이 들면 매번 똑같이 나타나는 뱀 꿈에 시달리게 되었던 건 그럴만한 이유가 있어요. 인천에서 고등학교 다닐 땐데, 방학이 되어 고향에 내려와 있었죠. 아침에 산으로 산책을 나갔는데(전라도 산은 구릉 같아요. 강원도 산은 내겐 놀라운 높이죠), 산꼭대기까지 올라갔다가 내려오는 길에 뱀 두 마리를 만났어요. 어린 시절, 뱀 잡으러 다니던 동네 형을 따라다니면서 뱀 잡는 걸 봐왔기 때문에 그랬는지 그 순간 내 자신이 뱀꾼이라는 착각을 했던 것 같아요. 꼭 잡아야 한다는 생각에 빠져들었죠. 나는 뱀 두 마리를 계속해서 노려보았어요. 그 중 큰 놈은 스르르 어딘가로 사라져 버리고 좀 작은 놈이 남았는데, 저 정도는 충분히 잡을 수 있을 것만 같았어요. 뱀 목을 발로 딱 밟았는데, 이제 집기만 하면 되는데, 그때야 내가 한번도 뱀을 잡아본 일이 없다는 걸 깨달았죠. 발을 떼면 물릴 것 같고, 도저히 집을 수는 없고. 남들이 하는 걸 보는 것과 내가 직접 하는 것은 전혀 다른 거더라구요. 그렇게 뱀을 발로 짚고 30분쯤 서 있으니 현기증도 느껴지는데, 어느 순간 거짓말처럼 뱀이 쑥 내 발을 빠져나왔어요. 정말이지 놀래서 우산대로 마구 찍어서 뱀을 잡게 되었죠. 그날은 다행히 비가 왔었죠. 잡은 뱀을 들고 집에 와서 누나한테 호기롭게 '이거 닭 모이나 줘라' 하고 닭장에 던졌지만 닭은 먹질 않고 누나는 징그럽다고 개울에다 버리라고 하고. 어디 가서 자랑을 해야겠는데, 어른들은 죽은 뱀은 안 먹는다고 그러고, 시시해지는 기분이었죠. 결국 뱀을 개울에 던졌어요. 한참 바라보고 있으니까 왠지 슬퍼지기도 하고, 물결 때문이었겠지만 뱀이 살아서 움직이는 것 같기도 했어요. 조금이라도 생명이 붙어있는 뱀은 물에 들어가면 살아난다는 속설이 있기도 했죠. 나는 그걸 건져서 탱자나무 울타리 밑에 묻어줬어요. 그날 이후, 밤마다 한 무더기의 독사들이 산에서 우리 집을 향해 내려오는 거예요. 그런 꿈을 매일같이 꾸니 죽을 것만 같았어요. 잘못했다고, 한 번만 용서해달라고 빌었죠. 어쨌든 마지막으로 꾼 꿈에는 (탱자나무 울타리 밑에 묻었던) 문제의 그 뱀 혼자 나타나서는 내 머리맡에서 입을 벌렸는데, 그 입이 얼마나 컸던 지 어둠밖에 보이지 않았어요."

내게는 설화적인 공간으로 느껴지는 그곳을 박형준은 몸으로 살았구나, 하는 생각이 스쳐지나갔다. 그렇지만 그가 느꼈던 그 '무모한 용기', '어찌할 줄 모름', '현기증', '슬픔', '죄의식', '어둠' 같은 것들에 대해 나는 어떻게 아는 척을 하는 것일까. 나는 잠시 내 안의 여러 개의 얼굴들과 흔들리는 눈빛을 주고받는다.

그리고 다시 그의 또 다른 꿈속으로 초대되었다. 이를테면, 반인반사半人半蛇 이야기. 아마도 이 꿈은 그가 자꾸자꾸 생각하면서 더욱 풍요로워질 것 같다. 꿈은 새처럼 날아가기도 하고 나무처럼 자라기도 한다. 나는 지금 그의 「몽상가」라는 시를 떠올리고 있다. 그 한 부분을 보면,

> 몽상가가 죽었다.
> 죽은 몽상가는 땅에서도 받아주지 않았다.
> 집주인이 밀린 방세 대신 해부용으로 팔아버렸기 때문이다.
> 그리고 당연히 해부가 시작되었다. 어린 학생들이 노련한 선생님의
> 지시에 따라 생선을 가르듯. 날은 흐리고

날씨는 무더운 그날. 밀폐된 창으론 차가운 땀이 맺혔다.
잠시 후 그들은 보게 될 거다. 그의 흉곽을 절개할 때
얼마나 많은 새들이 가슴에 통통하게 살이 쪄 가슴속에서
깃을 치며 일시에 날아올라 창문이란 창문에 머리를 박살내고
죽어가는가를. 얼마나 많은 나무가, 꽃들이 일시에 썩어가는
가를.
또한 얼마나 많은 집들이 집을 품고 있는가를.
집들은 허물어져 석회 벽에 얼마나 이끼가 자라고 있는가를.
어쩌면 그가 생전에 그토록 좋아했던 패랭이꽃 한 송이쯤
그의 흉곽에 꽂혀 있겠다.
그러나 그의 흉곽이 유리병에 담겨지는지 어쩐지 알 도리가
없다.

·

"하루 종일 누워 천장의 형광등 불빛 속에 게으름의 손을 내리고 추억을 집어올"리던 몽상가는 일을 하지 않았으므로 당연히 점점 작은 집으로 옮겨가야 했는데, "그가 마지막으로 옮긴 집은 / 다리 뻗을 수 없을 만큼 작았지만 몽상 속에서 최후로 완성될 집은 / 세상을 손님으로 받아들일 만큼 컸다"고 박형준은 쓰고 있다. 그는 이렇게 자신의 죽음을 완성하고 싶어하는 것 같다. "현실에 드러난 몽상은 햇빛이 들어간 필름처럼 금방 타버리"겠지만, 그는 언젠가 그 소멸을, 그 망각을 기꺼이 받아들일 것이다. 그는 아주

오랫동안 연민을 불러일으키는 지상의 빛에 이끌리겠으나.

4. 누가 바라보는가

박형준과의 인터뷰를 준비하면서 노트에 옮겨 쓴 시가 한 편 있다. 그리고 "파도 끝 같은 서로의 손"(「열대의 묘지」) 등등의 구절을 노트 한구석에 베껴두기도 했다. 우리는 모두 파도 끝처럼 부서지던 당신의 손을 잡아본 일이 있을 것이다. 그리고 우리는 파도 끝처럼 흔들리는 손으로 얼굴을 가려본 일도 있을 것이다. 내가 너무 감상적인가.

박형준은 자신의 시가 위로에도 도달하지 못하는 '연민' 정도에 그치는 게 아닌가, 하는 회의가 들 때가 있단다. 냉정하게 써보고 싶기도 한데, 그게 잘 안 된단다. 그럼에도 그가 늙은 어머니, 죽은 아버지 얘기를 자꾸 쓰는 건 그것이 자신이 부모에게 해 줄 수 있는 유일한 것이기 때문이란다. 나는 내 노트에 옮겨 적었던 그의 시 한 편을 이 지면에 재차 옮기면서 어느 골목에서 문득 그가 가리킨 생에 대해 경의를 표하고 싶어진다.

> 나는 아주 희한한 발톱을 본 적이 있다
> 아프리카 기아 난민의 쓸모없이 튀어나와 있는 주둥이처럼,
> 그것은 붉은 담요 밖으로 삐죽 나와 있었다

친구의 생일에 팥죽을 얻어먹고 집으로 오다
비탈진 아파트 경삿길에서 臨終을 맞은
가엾은 노파의 그것은,

보라, 아파트 한 棟마다 하나쯤은 버려져 있는
낡은 구름들을

아파트 수위가 저기 헐레벌떡 뛰어오고 있다
하늘의 채 메워지지 않은 구멍이
낮달이라고 믿는 그런 오후가
그 주둥이가, 시에스터를 즐기는 시체의 하얀 발톱이었음을,

끈질긴 삶의 정육점에 걸려 있는
저 핏물
저 말없는 발톱의 휴식을

—「시에스터를 즐기는 屍體」

붉은 담요는 노파의 얼굴을 덮었을 것이고 몸을 덮었을 것이다. 그러나 끝내 덮지 못했던 노파의 발, 하얀 발톱! "누가 …… 바라보고 있는가". 그의 「빛의 소묘」라는 시를 빌려서 나는 이렇게 물어보는 것이다.

「빛의 소묘」는 그에게 마음에 드는 시 한 편을 꼽아달라고 거의 졸라서 얻어낸 대답이기도 하다. 그는 이런 식의 부탁에 부끄럼을 타는 사람이었다. 그의 시 「빛의 소묘」를 다시 한 번 빌려서, 오늘 인터뷰 기록도 아득한 질문 속에서 마지막 문장을 써야 할 시간에 다다른 것 같다.

누가
발자국 속에서
울고 있는가
물 위에
가볍게 뜬
소금쟁이가
만드는
파문 같은

누가
하늘과 거의 뒤섞인
강물을 바라보고 있는가
편안하게 등을 굽힌 채
빛이 거룻배처럼 삭아버린
모습을 보고 있는가,

누가

고통의 미묘한

발자국 속에서

울다 가는가

(2006년 여름)

김명인

시와 삶, 그 하나에 이르는 길

1946년 경북 울진 후포 출생. 고려대 국문과와 동대학원 졸업. 1973년 『중앙일보』 신춘문예에 「출항제」가 당선되어 등단. 시집으로 『東豆川』(1979), 『머나먼 곳 스와니』(1988), 『물 건너는 사람』(1992), 『푸른 강아지와 놀다』(1994), 『바닷가의 장례』(1997), 『길의 침묵』(1999), 『바다의 아코디언』(2002), 『파문』(2005). 시선집으로 『따뜻한 적막』(2006). 산문집으로 『소금바다로 가다』(2006). 소월시문학상, 김달진문학상, 동서문학상, 현대문학상, 이산문학상, 대산문학상, 이형기문학상 등 수상.

상상도 창 하나의 배경으로 떠오르는 것,

창의 부분 속으로 한 사람이

어둡게 걸어왔다가 풍경 밖으로 사라지고

한동안 그쪽으로는

아무도 다시 나타나지 않았다

그 사람의 우연에 대해서 생각하지만

말할 수 없는 것, 침묵은 필경 그런 것이다

나는 창 하나의 넓이만큼만 저 캄캄함을 본다

그 속에서도 바람은

안에서 불고 밖에서도 분다

분간이 안 될 정도로 길은 이미 지워졌지만

누구나 제 안에서 들끓는 길의 침묵을

울면서 들어야 할 때도 있는 것이다

—「침묵」에서

1. 저녁때까지 걸어갈 용기

"저녁때까지 걸어갈 용기", 보들레르의 시 구절이다. 내게 이 구절은 그것이 놓여 있던 맥락에서 떨어져 나와, 시간 속의 인간을 이상한 소름에 닿듯이 느끼게 한다. 바로 여기가 낭떠러지 같을 때, 여전히 길은 멀었으며 끝은 알 수 없는 시간 속으로 번번이 떠밀려가 있다는 것을 확인하고 인정하는 데에는 모종의 용기가 필요할 것이다. 여기서 뚝, 시가 끊어진 것만 같은 순간들, 시는 어떻게 이어지고 나는 또 어떻게 걸어가게 될까? 김명인 시인의 시 구절을 빌리자면 그것은 "일생을 두고 출렁거린 문답"(「오징어」)이 될 것인가.

30여 년의 세월 구비구비에 펼쳐져 있는 8권의 시집, 500여 편의 시, 놀라운 것은 그 시력과 작품 수가 아니다. 숫자로 표시되지 않는 시적 긴장과 공력功力이 그 편편의 시들을 감당하고 있다는 것은 미적인 차원 이전에 인간적인 면에서도 놀라운 일이다.

"나를 그토록 지속적으로 긴장하게 만든 대상은 시뿐이었지. 시가 아니라면 그 어떤 사랑도 시간을 견디지 못했다네." 그는 문득 뒤를 돌아보는 것 같았다. 유종호 선생이 그의 시를 두고 '우수의 만년체'라 했던가.

"돌이켜 보면 서늘하고 막막한 감동에 이끌려 시를 써보려고 했던 스무 살에서 어느덧 마흔 해를 넘겼어. 사십 년 전 나는 우연히 시를 만났고, 그 파문에 마음을 적신 뒤로는 필연인 것처럼 거기에 투신해왔다고 할 수 있지. 필생을 던져서라도 돌파하고 싶은 감동의 자리라면 누군들 그것을 회피할 수 있었겠는가. 내게 시는 그렇게 왔던 거네. 그러나 시의 바탕이 진정성으로 이해될수록, 그 감동의 자리는 불가해한 시쓰기의 고통을 감내해야 하는 자리이기도 했어. 그 고통은 삶의 실체를 확인하는 데서 오는 막막한 느낌들과 통하는 것이었지. 그랬지, 나는 시를 선택한 것까지 포함해서 회오의 순간들도 함께 경험해야 했네. 자네는 저녁때까지 걸어갈 용기라고 했나? 나는 내가 살아온 삶 그대로가 아로새겨지는 내 시를 쓰고 싶었다네. 이제와서 생각하니 어느 정도 그런 과정을 경과해온 듯이 여겨지네. 「동두천」 시편을 쓰던 무렵엔 삶이 시를 끌고 간다고 생각했는데, 어느덧 내 삶과 시는 혼융돼 있어. 삶이 시화되고 시가 체질화되어 있다고 할까. 나는 시를 쓰면서 시로 학문을 익혔고, 그 학습을 써먹을 수 있는 직업을 구했지. 그래서 자네는 나를 선생님이라고 부르게 됐고. 마침내 시로써 밥을 버는 세월을 살아왔으니, 사실 나는 시에는 빚을 많이 지고 있는 사람이야."

가난한 아이, 가난 때문에 가족이 흩어지고 원하는 상급학교에 때맞춰 진학할 수 없었던 어린 시절의 그로부터 자연발생적으로 터져나온 소망,

잠 깨면 배고파지고 다시 드는 잠 깊어지지 않고

새벽까지는 수많은 먹을 것들과 이름도 모를
음식들이 생각났다 나는 커서 식당을 차리리라

—「머나먼 곳 스와니 2」 부분

그 아이의 마음이 시의 자리에서 스러진 후에, 다시 시와 만나는 역설에 대해 생각해보았다. 시의 식탁. 그는 차린 게 별로 없다고 말한다. 마음이 가난한 자들이 둘러앉는 시의 식탁을 그는 차렸다.

2. 시의 식탁에서

그 식탁에서 나는 조금씩 몸이 녹고 접힌 귀를 열어놓을 수 있었다. 그날

은 정말이지 드물게 추운 겨울 저녁이었다. 나는 어쩌면 긴 이야기를 들을 수 있을 것 같은 화제를 꺼냈다. "선생님은 어느 시집에선가 이런 말을 남기셨죠. 〈남들이 방법에 기댈 때 나는 내용에 기댄다. 내용이라니! 아직도 거쳐가야 하는 여분의 굴곡이 있는가?〉 '방법'과 '내용'은 선생님 안에서 어떤 합치를 이루는 것일 테지만, '내용에 기댄다'는 발언은 선생님 시의 어떤 핵심, 어떤 지향 같은 것을 드러낸다고 생각됩니다. 인식론의 문제가 선생님 시의 깊은 곳에 자리하고 있는 것 같습니다. 여덟 권 시집의 펼쳐짐을, 그 보이지 않는 시적 서사와 싸움을 '내용에 기대어' 들려주신다면."

"듣고 보니 그 표현은 1999년에 출간된 『길의 침묵』 뒷날개에 썼다고 생각되네. 그것은 오해되기 쉽지만 '방법/내용'을 대립적인 관계로 설정했던 발언은 아니었어. 시란 방법(형식)과 내용이 배치되는 분립의 구조로는 성립되지 않는 거니까. 내용이 방법(형식)을 규제하고 형식은 내용을 쇄신시키는 상생의 관계가 시의 자리일 게야. 그럼에도 불구하고 특별히 내용을 강조하려고 의도한 까닭은 아마도 내 시의 일관성을 새삼스럽게 확인해보려고 했던 의욕이 작용했던 게 아니었을까 싶네. 나는 시를 쓰던 초기부터 발견이나 감동을 강조했지.

우리 시사를 거칠게 요약해보면, 그 맥락마다에 방법과 내용이 서로의 우위를 점유하는 시기들이 있어왔지. 방법과 내용이 서로 길항하는 모습이었다기보다는 시대정신을 아우른 쇄신의 형태로 우리 시사의 변전이 있어왔다고 해야겠지. 그러나 어느 경우에도 그 지속을 허락하지 않으면서 우리 시사는 발전해왔다고 할 수 있을 거야. 지난 세기 끝자락만 하더라도 그렇지. 1980년대 내용 편중의 시기를 경과하고 난 뒤, 1990년대의 우리 시는 지나치게 방법론만을 모색하고 있는 것은 아닐까 여겨진 거지. 1990년대 일부 시인들이 형식으로 내세우려고 애썼던 미학에 대한 반발이 작동했던 것이라고나 할까.

우리가 선배들의 시를 읽으며 습작하던 젊은 날에는 시보다 시론이 더 무성한 시절이었어. 모더니즘시운동이라든가, 참여시, 무의미시, 그런 주장들을 앞세운 시들이 시사의 중심에 서기도 했지. 그런 영향 탓이었을까. 젊은 날에 내가 가담했던 동인지 『반시』도 한 가지 주장을 내세우며 출발했지. 『반시』 창간선언문 중에 "…… 우리가 옹호하려는 시는 언제나 삶의 문제에 귀일하는 것이고, 시의 바탕은 삶의 동일성으로 이해될 수 있으므로 ……" 운운하였던 데서도 그런 의식이 드러나지. 그 무렵에 내 시에서도 실제로 그런 의욕을 보여주는 구절들을 엿볼 수 있어. 가령, 「동두천 4」에서 나는 "기교도 없이 새소리도 없이 가라고/ 우리 모두 태어나 욕된 세상을 ……" 이라고 썼거든. 방법이 기교일 수는 없겠지만. 그러나 '반시'의 주장은 너무 소박해서 시론이라고까지는 말할 수 없는 것일 거야. 그것은 시와 삶이 별개일 수 없다는 소신 비슷한 것이었지. 그러고 보니 '반시' 무렵에는 시와 삶을 일치시켜보려고 한 열정들이 넘쳐났던 시절이었네. 그러나 시를 삶에 밀착시켜야 한다는 것이 과연 시론이 될 수 있을까. 아마도 그런 주장은 논論이 아니라 시에 대한 지향 내지 태도라고나 할 수 있겠지.

시에서 서사성은 사건의 얽힘이 약해서 오히려 이야기라고 부를 만한 자질도 서정성과 미묘한 균형을 취하게 되는 지점에서 비로소 그 효과가 살아나는 것이지. 그것은 서사양식의 모방이 아니라, 서정시의 구성요소인 리듬에 복속된 단편적인 이야기거나 심상에 부가된 서사라고 할 수 있겠지. 따라서 그 서술은 리듬이 강하게 의식될 수밖에 없으며 심상의 구축에 기여하는 것이 되겠지. 이 경우에 서사는 장르 선택의 문제가 아니라 장르내부에서 일어나는 어떤 지향이 되며, 서정적 표출을 돕기 위한 상황의 서술적 제시 정도라고 봐야 할 거야.

젊은 날 내 시에는 이야기를 담고자 한 의욕이 강하게 반영되어 있어. 그러나 시를 통해 내가 말하고 싶었던 것은 삶의 서사가 아니라, 그런 삶이 응축해내는 결정結晶 같은 것이었어. 말하자면, 나무의 나이테 같은 단면. 이제 와서 돌이켜보면 1930년대 백석이나 오장환 등의 시에도 그런 면이 살펴지는데, 그때는 그들의 작품을 읽어보지 못했으니까 그들과는 상관없이 나대로 펼쳐진 모습이었다고 해야겠지. 그러나 김수영의 일부 시나 신경림 시의 영향은 있었을 테니, 간접적으로는 거기에도 가닿는다고 할 수 있을 거야. 나는 맺힌 것이 많은 사람이라 나의 서사가 작동하는 울림이 강한 서정시를 쓰고 싶었던 거지. 서정시의 서사는 필경 서정에 굴곡을 만들어보려는 시도일 거야. 말하자면, 이야기를 끌어들여서 시의 정감을 한층 사무치게 이끄는 것이지. 서사에만 골몰하면 서정시의 범주에 넣을 수 없는 게 되고 말아. 이게 내 시가 어쩔 수 없이 낭만주의자의 고백일 수밖에 없는 이유기도 하겠지."

그의 드넓은 시의 지도에 보일 듯 보이지 않게 굴곡을 그려놓는 시적인 서사성이란 그의 아득한 심사와 집요한 의지가 반영되어 있는 '길'의 의미와 양태와 이미지에 녹아있는 것. 그 안에서 다시 살아나는 것. 그러므로 길 위에 선 김명인 시인에게는 그 누구에게 비쳐지는 가치가 아니라 '나에게 거두어지는 가치'가 중요하다.

그는 다시 이렇게도 말한다. "내게 시쓰기란 나를 알아가는 길이었지." 나는 릴케의 편지에서 읽었던 문장을 그의 말에 이어서 적어 놓고 싶어진다. "멀리 나아가면 나아갈수록 더욱더 인생은 개인적인 것이 되고 독자적인 것이 된다. 예술작품은 이 독자적인 현실에 대한 필연적이고 반박의 여지가 없는 그리고 영원히 결정적인 표현이다."

기념할 만한 세월의 마디, 회갑에 주어진 시선집 『따뜻한 적막』(2006) 뒤에서 그는 이런 고백을 한다. "끝끝내 그리워할 시가 있으므로 나는 길 위에 선 결코 멈춰서고 싶지 않은 시인이다." 나는 길 위의 인간이 가지는 여러 가지 자세 혹은 몸짓에 대해 생각해본다. 이를테면, 여행, 순례, 출분, 방랑, 산책……. 그리고 그의 얘기를 조금 더 듣기 위해 생각 도중에 물음표를 붙여본다. "선생님 시에서는 그 여러 가지 모습들이 아득하고 고독하게 나타납니다. 그 모습들을 관통하는 무언가를 어떻게 말할 수 있을까요?"

"실존적 질문을 넘어서려고 애쓴 것이 나의 시쓰기였다면 너무 거창한 고백이 될까. 언젠가 내가 썼던 시에 이런 구절이 있네. "붐비는 가을의 허전함, 그런 것들을 꿰고 / 새 한 마리 날아간다, 질문을 넘어서"(「새」). 여기에는 한 실존이 스스로의 위엄을 지키려고 애썼던 의지 같은 게 내포되어 있어. 지금 와서 반추해 보아도 내 시쓰기에는 인생사의 굴곡을 헤쳐 나온 길 찾기의 모습이 많이 나타나지. 사실 여러 곳을 떠돌 수밖에 없었던 팔자를 타고나기도 했으니까. 젊은 날의 시에서는 열정과 의도를 아로새겨서 현실을 극복해보려는 노력을 했었고, 중년 이후로는 마음의 근거들을 들춰내는 탐색의 경로를 모색해왔다고 할 수 있지. 말하자면 내면화의 길을 따라온 것이네. 결국 실존을 의식하면 할수록 내게는 외로움이 짙었던 것. 한때는 그런 격절을 다행이라 여기기도 했었네. 어차피 문학이란 외로움을 여과시켜 결정結晶을 얻는 것이니까. 나는 내 시가 독자들에게도 실체적 감동으로 생생하게 살아나길 바래. 그러니까 감염적인 주체가 되길 원하는 거지. 논리를 뛰어넘어 마침내 폐부 깊숙이 찔러오는 어떤 개입과 변화를 이끌어내는 시. 그런 소통 속에서는 어떤 전율스러운 배합이 생성되겠지."

말하자면 매우 신체적인 수사인 '감염'이라는 비유로 시의 소통을 존재론적인 변모의 사건과 연결시키고 있는 그는, 다른 한편으로 '격절을 다행이라 여겼다'고도 고백한다. 그의 시에서 나는 '자발적인 고독'을 실천하는 모습을 엿보았다. 이를테면, "내 부재를 내가 살아왔다는 것"(「문패」), 혹은 "갈매기나 지켜보는 / 다만 한나절의 이런 몰두가 사람 사는 일로부터 더 멀리 스스로를 밀어내는 일이겠지만"(「갈매기 관찰」) 같은 구절들에서. 그러므로 이런 질문을 덧붙이기로 한다. "선생님에게 고독은 시쓰기에 어떤 힘으로 작용하는지요?"

"그래. 내 시에는 적요라든가, 적막이라든가 외로움과 관계된 막막한 이미지들이 많이 나타나지. 적요는 어떤 전율의 순간이기도 하고, 근원의 시간을 환기하는 것이기도 하다네. 그것은 단지 공허를 인식하는 정지의 순간이 아니라, 다른 크고 깊은 세계와 연결되는 경과의 시간이라 할 수 있어. 그리하여 새로운 풍경과 만나게 하지. 고립은 존재감을 새삼스럽게 각성하게 만들기 때문에 시인이라면 저의 외로움을 제대로 견뎌내야 할 덕목으로 여겨야 하네. 공허를 견디면서 다른 시간을 사유하는 거야. 그런 의미에서 내가 자주 쓰는 시어에 '파문'이라는 어휘가 있지. 파문은 순간과 영원을 이어놓는 매개이기도 한 것이야. 파문 속에는 파동하면서 퍼져나가는 가없음이 간직되어 있지. 외로움도 그렇다네. 외로움을 오래 견인하는 동안에 침묵 속에서나 듣게 되는 내면의 울음에 더욱 강하게 감응하게 되지. 외로움을 내 식으로 말하라면 '삶에서 시간의 마모를 허락하고 받아들이는 태도'라고 하고 싶네. 그런 감내가 공간의 고절감이나 시간의 막막함을 견딜 수 있게 하고 고독과 허무를 미적 깊이로 전환하게 만드는 거겠지. 이때 순간과 영원이라는 길항하는 미의식은 결코 이질적인 것이 아니라네."

적요 속에서 새로운 풍경과 대면하게 된다는 것. 이 대목에서 나는 사생寫生으로 나타나는 풍경이 아니라 마음의 풍경, 이미지에 대한 그의 매혹을 생각했다. "이미지에 대한 정열, 그것을 선생님 시를 말할 땐 짚지 않을 수 없겠지요. 선생님의 시에서는 주체나 대상, 그 어느 편에 속한다는 식으로는 말할 수 없는 그런 '풍경'이 떠오르는데요, 이것은 이미지에 대한 끝없는 매혹과 연관되어 있는 것 같습니다. 예술가에게 중요한 건 대상이 아니라 매혹이겠지요. '풍경' 혹은 '이미지'라는 말을 선생님은 어떤 의미와 뉘앙스로 쓰시는지요?"

"나는 풍경의 발견을 존재론적인 사건이라 여긴다네. 풍경은 바라봄을 계기로 이행되는 인간의 심리적 변화까지를 포섭하기 때문이지. 풍경은 대지의 투시형태만을 지칭하는 것이 아닌 게야. 우리들 내부에서 발생하는 이미지의 생성까지 함축하는 거지. 거기에는 주체의 지평에 겹쳐지는 시각적 전체상이 떠오르며, 따라서 자아의 시선이 호응하고 공명하는 내적인 공간 표상이 구축되지. 풍경과 주체의 상호작용에서 언제나 피를 흘리는 것은 주체이지만, 물러섬 없는 그것 또한 주체의 눈물겨운 투쟁이 아니겠는가. 결핍이 많은 우리 삶은 풍경에 비춰질 때, 곧 상처를 통해서 풍경으로 건너갈 때, 내 상처 속에서 그 풍경은 새롭게 태어나게 되지. 그때 새로워진 풍경은 상처를 안은 나의 현존을 가열하게 확인시킨다네. 풍경에 삼투하려고 애써온 시가 그 자체의 드라마를 거느리게 되는 이유가 여기에 있지.

근래에 들어서, 나는 내 시의 바탕에 깔려 있는 원초성은 어떤 것일까? 그런 궁금증에 자주 사로잡혔어. 그 궁금증으로 새삼스럽게 오래된 기억들을 되새겨보는 시간을 가지게 됐지. 알겠지만, 내가 태어난 곳은 동해 바닷가야. 나는 어려서부터 눈만 뜨면 바다와 마주하며 자랐다네. 따라서 성년이 되고 바다를 환경적으로 떠나서도 바다라는 태생의 환경을 벗어버리지 못

했어. 유년의 기억이 필생의 무의식으로 잠재된 거라고나 할까. 그래서 불쑥 불쑥 바다는 내 시의 모티프나 심상으로 되돌아오는 거야. 그런 지리나 지역성 등은 그 땅의 정신과 무관하지 않을 게야. 인간은 무소부재의 존재가 아니라 시공간의 제약을 안고 살아가는 존재이잖은가. 그러니 태어나고 자란 장소의 토양이라든가 역사성으로부터 자유로울 수 없겠지.

나는 내 시에서 풍경을 끝까지 응시하는 긴장이 살아 있기를 바란다네. 실제로 언어 자체는 한계가 있는 것이고, 그래서 풍경을 곧이곧대로 옮길 수는 없는 법이지. 또 시인이 긴장이나 전율을 체질화하는 데는 언제나 희생이 따르고 내상內傷을 입기 십상이야. 그러나 그런 긴장에서 생겨나는 것이 시의 미학적인 자의식일 게야. 그런 점에서 내 시의 모더니즘은 이러한 미학적인 긴장의 토대를 다소나마 확장시킨 것이라고 말한다면 나만의 주장일까. 그런데 과연 한 시인에게 미적 완결성은 가능한 일이기나 할까."

3. 새벽의 사람이 되어서

나는 마지막으로 다소 엉뚱하고 얼마간 개인적인 궁금증을 비췄다. "누구나 제 안에서 들끓는 길의 침묵을 / 울면서 들어야 할 때도 있는 것이다"(「침묵」)라는 구절에 기대어.

나는 언젠가 바르트가 쓴 『사랑의 단상』에서 밑줄을 그었을지도 모를

'눈물'에 대한 서술을 기억력보다는 거의 상상에 의존하여 떠올리고 있었다. 눈물의 재능을 얻기 위해 어떤 수도사가 길을 떠났다는 얘기가 그 어느 구석에 있었던 것 같은데. '잘' 우는 사람 / '안' 우는 사람 / '못' 우는 사람, 그렇게 사람을 나누어볼 수 있지 않을까, 뭐 그런 생각을 나는 평소에 하곤 한다. 물론 '잘', '안', '못'의 의미와 양상은 또 여러 갈래일 테니 꽤 복잡하고 정교한 체계를 만들 수 있지 않을까, 뭐 그런 생각. "인간의 신체적인 반응 중에서 '눈물'은 특별히 신비하다는 생각이 들어요. 선생님 시에도 눈물이 참 많이 나오잖아요. 실제로도 잘 우시나요? '운다'는 행위와 '시'는 어떤 연관이 있을까요?"

"나는 「동두천」 연작을 쓸 때 특히나 눈물이 잦았어. 어디 울음이란 게 자의로 자아지는 것이겠나. 그때는 툭하면 눈물이 솟아서 애를 먹었지. 버스를 타고 창밖을 내다볼 때에도 책을 읽다가도 그렇게 눈물이 핑 돌았어. 진심은 늘 그렇게 누선淚腺을 자극하는 거겠지. 진정성이라는 것은 이미 그 자체가 투명한 것이 아닐까? 그렇다고 시의 눈물이 시간과 공간 속에서 존재가 감당해야 할 균열과 모순을 감상으로 덮어씌우는 것이어서는 안 되지."

단단한 눈물, 침묵과 거의 대등한 눈물, 그런 울음을 나는 그의 시에서 보았을 것이다. 그러므로 이 인터뷰 기록의 마지막 문장은 그 단단함을 뚫고 나오는 그의 시로 대신하고 싶다.

이 밤의 책들 다 사르리라, 나는

불꽃을 뛰어넘는 새벽의 사람이 되어서!

—「새벽까지」 끝부분

(2006년 겨울)

강정

달리는 펜, 달리는 인생

1971년 부산 출생. 추계예대 졸업. 1992년 『현대시세계』로 등단. 시집으로 『처형극장』(1996), 『들려주려니 말이라 했지만』(2005), 『키스』(2008). 산문집 『루트와 코드』(2004), 『나쁜 취향』(2006).

나는 오로지 급정거한 바퀴에 대해서만 할 말이 있을 뿐이다

날고 뛰는 짐승들도 바퀴가 멈춰 서는 한 순간의 폭음과 공허 속에서야 불현듯,

자기 자신이 더 이상 자기 자신일 수 없다는

명백한 깨달음을 얻는다

—「급정거한 바퀴에 대한 단상」에서

1. 감각의 소란들

오래 전에 본 적이 있는 그가 마침내 나를 점령한다
창가에서 마른 종잇장들이 찢어져
새하얀 粉으로 흩어진다
몸이 기억하는 당신의 살냄새는 이름없이 시선을 끌어당기는
여린 꽃잎을 닮았다
낮에 본 자전거 바퀴살이 허공에서 별들을 탄주하고
잠든 고양이의 꼬리에선 부지불식 이야기가 튕겨져나온다
내 몸을 껴입은 그가 밤이 가라앉는 속도에 맞춰

거대한 산처럼 자라나 풍경을 지운다

천체를 머리맡에 옮겨다놓는 이 풍성한 은닉 속엔

한 점의 자애도 없다 온통 가시뿐인 은하의 속절없는 일침뿐이다

—「불면」 전문

아마 내가 강정에게 건넨 첫 말은 "괜찮아요?"였을 것이다. 일년 쯤 전이었던 것 같다. 그땐 강정인지 누군지도 몰랐는데, 꽤 많은 사람들 틈에서 맞닥뜨린 낯선 한 사람을 향해 '부지불식' 튕겨져나온 말이 "괜찮아요?"였다. 그처럼 그는 불안하고 위태로워보였다. 잠을 못자서, 잠을 잘 수 없어서 그렇다고, 그는 약간 허우적거리면서 대꾸했을 것이다.

10년 만에 낸 두 번째 시집 『들려주려니 말이라 했지만』(2005)의 첫 페이지에 놓여있는 시가 「불면」이다. '오래 전에 본 적이 있는 그', '내 몸을 껴입은 그', '마침내 나를 점령한' 그는 산처럼 또 천체처럼 거대해진 '나', 나로부터 조금 멀리 떨어져 나온 '나'를 겪어내는 강정의 '루트와 코드'다. 한 점의 자애도 없는, 온통 가시뿐인 '감각의 소란들' 속에서 그는 마비되지 않고 쿡쿡쿡 살아나는 신경들, 툭툭 불거져 나오는 "수천 마리 내 육신의 異形들"(「우주괴물」)을 감각해낸다, 혹은 살리고 키워내고자 한다.

강정에게 파르마콘은 글쓰기의 비유가 아니라 그 이전에 인생의 문제일 것이다. 여기에 적어두고 싶은 구절. "이제 다른 인간이 태어나야 한다"(「우

주괴물」). "인간이 아닌, 괴물이어야 한단다"(「불가사리」).

오늘 내가 만난 사람, 강정은 괴물 같아 보이진 않는다. 간간히 사람을 웃기기까지 한다. "내 인생의 최대 화두는 유머. 지긋지긋한 지옥에 살면서 유쾌한 유머를 날리며 사는 것. 말의 유머, 말을 넘어선 유머, 태도의 유머, 그게 인간해방이지 싶어요. 재밌게 살고 재밌는 시를 썼으면 좋겠어요."

재밌게 사는 거, 그렇게 사는 거 힘들지 않으냐고 물었더니 그에게서 돌아온 대답, "쉬우면 재미없잖아요." 재미없는 세계를 재미있게 사는 거, 심심한 세상을 심심하지 않게 사는 거, 그거 만만치 않은 일이겠지.

2. 고양이와 함께 살기

나는 고양이의 안부부터 물었다. 그랑 같이 으르렁 그르렁 서로 할퀴면서 산다는 고양이가 집을 나갔다는 말을 온통 가시가 돋은 얼굴로 중얼거렸던 게 언제였더라. 어쨌든 시쓰는 인간들이 모이는 이전 저런 자리에서 그와 나누었던 토막난 이야기들 속에는 그때마다 고양이가 있었다. "잠든 고양이의 꼬리에선 부지불식 이야기가 튕겨져 나온다"지 않는가. 더군다나 나도 고양이에 대해서라면 할 얘기가 있다. 고양이가 되고 싶어서 집을 뛰쳐나간 고양이군을 알고 있으니까. 나는 불현듯 고양이군이 궁금해진 참이니까. 그러고 보니 강정은 고양이를 닮은 것 같기도 하다.

"새끼를 베서 집으로 돌아왔어요. 네 마리의 새끼를 낳아서 지금 상자 속에서 꼬물거리고 있어요. 보고 있자면 이상한 기분이 들어요. 영영 돌아오지 않을 것처럼 불쑥 집을 나갔다가 거짓말처럼 돌아와 있곤 하는 녀석이죠. 순 제멋대로예요.(고양이가 강정을 닮은 건가?)

고양이와의 동거는 작년 5월? 6월? 그맘때부터 시작되었죠. 작년 2월에 다니던 직장도 그만 뒀고 이상한 사춘기가 도래했는데, 모든 게 시시하고 시들해져서 이렇게 살아도 되나, 하는 의문이 들면서 문득 시집을 내자는 작정을 했어요. 뭔가 꼭지를 여며줘야겠다고 생각한 거죠. 그러니까 10년 만인데, 두 번째 시집은 내게 '1.5집' 같아요. 1집 음반을 낸 밴드가 사운드를 바꿔봐야지, 하면서 실험삼아 내는 1.5집. 시집을 내겠다고 작정했을 때 고양이를 키우겠다는 작심도 섰죠. 고양이를 키우면 어떤 식으로든 생활이 바뀌지 않을까, 그런 느닷없는 생각을 했더랬죠.

옛날부터 고양이는 키워보고 싶었는데 아버지가 짐승을 싫어해서 그러질 못했어요. 산책이 길고양이들에게 먹이 주는 일로 통하는 고양이 애호가인 친구부부가 있어요. 이 친구부부를 따라온 새끼고양이가 한 마리 있었나봐요. 똑같이 생긴 엄마고양이가 저 멀리 떨어져서 보고 있더래요. 엄마가 버린 고양이였던 거죠. '고양이 데려가실 사람!' 친구부부가 블로그에 올려놓았더라구요. 그래서 '저요!'하고 손들고 데려왔는데, 한동안 고양이가 신경을 긁어대서 도통 잠을 잘 수 없었어요. 그러자니 고양이를 통해 내가 보이기 시작하더라구요. 내가 뭐가 문제였구나, 가령, 연애할 때 내가 사람에게 참 못되게 굴었겠구나, 뭐 그런 생각이 들더라구요. 고양이와 나는 말하자면 서로 할퀴며 사는 관계죠. 요즈음엔 고양이한테도 무신경해요. 때때로 내 방을 누군가 카메라로 찍고 있는 것 같은 느낌이 드는데, 그럴 때면 인생 그것 참 …….”

그가 핸드폰을 열어서 보여준 고양이 사진들. 와우. 나는 근사한 느낌을 받았는데, 지금 떠올려보려니 떠오르는 상이 없다. 고양이는 강렬하고 동시에 희미하군. 그렇군.

3. 토끼 혹은 강정의 변신 에너지

강정은 21살에 시인이 되었고, 25살에 첫 시집을 세상에 내놓았다. 첫 시집의 시들을 쓰던 때, 그러니까 대학생 강정은 한 편 한 편 파바박 커지는 것 같았던 느낌들 속에서 빵빵해지곤 했단다. 그래, 알 것 같다.

강정은 랭보에게 편지를 쓴 적이 있다.

> 총명한 아이enfant라면 누구 할 것 없이 무서울 따름입니다. 그러니 채 어른이 되기 전에 목숨이 끊기거나 미쳐버리는 것일 테지요. 당신은 죽거나 미치는 대신, 시의 정점에서 시를 버리고 그야말로 미친 듯이 살아버렸습니다. 그런 삶의 범상치 않은 궤적

이 이후에 숱한 신화를 낳았습니다. 그건 당신이 (의도했든 아니든) 만든 또 하나의 착색판화입니다. 세계란 착각이나 환각, 또는 이성과 합리라는 푯대로 어설프게 구획된 허상의 바다라는 생각이 이 순간 듭니다.

—「랭보에게 보내는 편지」에서(『루트와 코드』)

강정에게 시적인 순간은 예술이라는 한정된 영역(그것은 어떻게 보면 보호구역과 같은 것일지도 모르겠다)의 문제가 아니라 삶을 사는 몸의 문제인 듯싶다. 그는 시를 쓰는 몸으로 삶을 살고 싶어 한다. 19세의 랭보처럼 시의 절정에서 시를 버리든, 시를 다시 만나든, 문제는 감각의 열도, 그 에너지의 경험인 것이다. 그의 중얼거림, "인생 자체가 아트가 되어야지."

그렇게 극점에서 다시 만난 시는? 두 번째 시집을 두고서 던진 질문이다. 강정은 '들'자로 시작되는 두 편의 시를 꼽았다. 표제시 「들려주려니 말이라 했지만」. 그리고 「들판을 달리는 토끼」.

"준규(이준규 시인)네 집에서 「들판을 달리는 토끼」(〈태양은 가득히〉를 만들었던 르네 끌레망의 영화제목이랬지)라는 제목의 준규 시를 봤는데, 이상하게 그 제목에 필을 받았죠. 계속 머릿속에 들판을 달리는 토끼가 떠나질 않더니, 어느 날 자려고 누웠는데 불현듯 토끼가 머릿속에서 뛰쳐나왔어요. 곧장 일어나 자판을 두드려댔어요. 두두두두두두두 치는 데, 이건 마치 연주를 하는 것 같았죠. 굉장히 긴 시인데, 두두두두 확, 달린 기분이랄까. 시를 쓰는 최상의 상태에 있었다고 말할 수 있어요."

토끼라는 이름을 가진 이 소리는
당신이 밤새 두드리는 머릿속의 열기 한가운데 너른 벌판을 열고 뛰어나올지 모른다
토끼라는 것이 가벼운 발과
소리나지 않는 입과
가늘게 찢어진 눈 옆에 길고 뾰족한 두 귀를 가지고 있다는 것에 대해
당신은 불만을 표시해도 괜찮고
박수를 치며 환영해도 나쁘지 않다
토끼는 어쩌면 당신이 그토록 오랫동안 기다려왔던 질문에 대한 대답일 수 있으므로

토끼는 달린다
토끼는 달린다

당신이 원하는 바로 그 대답이 아닌 토끼도 달리고
당신이 원하던 바로 그 토끼도 빠른 발로 대답하며 달아난다
여전히 대답하지 않는 저 먼 시간의 침묵까지 젊어진 토끼는

자기가 토끼라는 사실을 잊기 위해서라도 달린다
자기가 토끼라는 사실을 알리기 위해서라도 달린다

토끼가 달린다
토끼는 달리면서 자꾸 토끼 아닌 것이 된다
토끼 아닌 것이 된 토끼가
오래도록 토끼가 되기 위해 달리고 또 달린다

—「들판을 달리는 토끼-준규에게」 부분

그러고 보니, 강정은 토끼를 닮은 것 같기도 하다. 어쨌든, 인용한 이 부분을 지나서도 계속 두두두 시집의 몇 페이지를 또 넘기게 하면서 토끼는 달리는데, 그 속도가 들판을 달리는 토끼를, 들판 자체를 지우기도 하고, "지워진 토끼가 지워지지 않으려고 달리고 또 달린다."

들판을 달리는 토끼가
여전히 보이지 않는다
들판을 달리는 토끼가
모든 걸 보아버렸기 때문이다

토끼가 달린다

토끼가 달린다
달릴 수 없는 토끼가
죽을 때까지 달릴 수 없는 들판을 달린다

토끼의 변신 에너지는 '속도'라고 할 수 있겠다. "속도가 세계의 지평을 바꾸는 저 검은 풍경들 속에서 매순간, 풍경 바깥으로 사라졌던 내가 튀어 나온다"(「한밤의 모터 사이클」)

"빨리 쓰는 편이죠. 한 번에 가주는 게 내 체질에 맞는 것 같아요. 시는 만들어지는 것도 물론 중요하겠지만, 조작은 들키게 돼 있어요. 어쨌든 작문의 솜씨로 시의 좋고 나쁨을 판단하진 않아요. 작문을 잘 하는 시는 나로선 놀랍긴 하지만, 내가 그렇게 하면 안 되겠죠. 그건 내 스타일이 아니니까. 김수영이 말했던 '양심의 속도'는 물론 도덕적인 양심을 가리켰던 건 아닐 테고 의식 이전에 나오는 무엇이라고 할 수 있겠죠."

강정의 불면증은 너무 빠른 '꿈의 속도' 때문은 아닐까, 스치듯 그런 생각도 해보았다. 짐 자무쉬의 옴니버스 영화 〈커피와 담배〉 중에서 한 장면. 자기 전엔 언제나 커피 한 잔! 꿈의 속도를 빨리해 주잖아요. 그런 얘길 했더니, 강정은 다른 장면 하나를 끄집어낸다. 중년의 이기팝과 탐 웨이츠의 대화. 백해무익, 아직도 담밸 피고 있는 녀석들을 이해할 수 없어. …… 우린 담배 끊었잖아? 그러니까 한 대 정도는 괜찮아. 뻑.

4. 뒤섞이고 뒤집히는 몸

변신 이야기를 좀 더 해 보자. 굿바이 휴먼(평론가 이광호의 표현을 빌려)? 나는 그렇게 질문을 던졌다.

"그렇게 말할 건 못 되고. 나는 시가 픽션이라고 생각해요. 허황된 것, 헛것이라는 의미에서가 아니라, 내가 할 수 있는 것 그 이상을 넘어서는 게 시라고 생각하는 거죠. 내 나름의 휴머니즘이 있다면 그런 게 아닐까 싶어요. 인간의 한계, 신체의 한계, 나아가 언어의 한계도 넘어서려는 욕망이 생기고 그걸 밀고 나가는 거죠. 만약 자서전을 쓴다면 내 상상력의 기원에 놓일 책 중 빼놓을 수 없는 하나는 중학교 때 헌책방에서 구해 읽었던 스탠리 큐브릭의 영화 〈2001년 스페이스 오딧세이〉의 원작소설(아서 클라크)을 꼽을 수 있을 거예요. 외계라는 게 대기권 바깥이 아니라 내 몸 안에 있다는 생각이 들죠. 에일리언 같은 것, 말이에요. 영화도 만화도 철학책도 시도 내 마음대로 읽는 게 좋죠. 랭보의 시는 아직도 읽고 감동하지만, 그래서 불어를 배워서 원문으로 읽고 싶단 생각 같은 건 안 해봤어요. 난 만화책 보듯이 철학책도 읽어요. 푸코, 들뢰즈, 가타리, …… 번역된 문장이지만 문장이 너무 재미있잖아요. 개념적인 이해 이전에 그것만 따라가도 음악 듣는 것 같으니까, 생각은 내 마음대로 하는 거예요. 상상, 공상, 망상을 펼치면서, 그러면서 나오는 얼룩 같은 사유가 재미있어요. 요상한 거울.

거미가 될 수 없을까, 예전에 그런 생각을 했었더랬죠. 꽤 분량이 되는 소설을 한 편 썼는데, 소설 뭉치는 서랍 속에 있고 몇 편의 「거미인간의 시」로 몸을 바꿔 시집에 묶이게 됐죠. 상상의 차원이 아니라 생물학적인 변이가 진짜 일어날 수 있는 수준으로 몸을 바꿀 수도 있지 않을까, 뭐 그런 생각도 해봐요. 진짜 되고 싶은 건 '여성'인데, 여성이 되고 싶다고 막 떠들고 다니기도 했었죠. 예술가의 초상으로 프랑켄슈타인 같은 미친 과학자를 떠올리기도 하죠. 인간이 실험할 수 있는 것을 모두 해보는 것. 이를테면, 지구는 언젠가 분명 망할 거고, 정말 망할 텐데, 근데 망했는데 정말 망했을까, 김행숙이었던 혹은 고양이였던 쬐그만 분자들은 어딘가에서 따로 떠돌고 있을 텐데, 그런 걸 미리 상상해보고 예언하는 것도 시가 해야 할 일이 아닌가."

이런 망각은 눈에 익다 나는 거기로 들어가본다
십수 년 피의 응결로 직조된 파인더와 플라스크를 나는 번쩍인다
십수 년 전의 죽음과 죽음 다음의 더 먼 과거를 나는 채취한다
내 오래 전 죽음도 있다 내 미래의 출생까지도 나는 본다 다만 보기만 한다

……

나는 보기만 했을 뿐인데 망각은 내 온몸을 담보로 지금 이

순간 내 눈을

뚫고 나온다 나는 망각의 문장 한가운데 결박당한다 내 부푼 파인더와 플라스크에서

문어발 같은 시선들이 빠져나온다 나는 말목처럼 붙들린 동사 또는 형용사다

나는 망각된다 태어나면서 소실되는 것, 나는 모든 문장들을 모래바람 속으로 이끈다

—「잘 써지지 않는, 쓰고 싶지 않은 시」 부분

강정의 첫 시집은 사람들에게 잘 들키지 않았던 부분들(나 역시 읽지 못했던 것들)이 풍부하다는 생각을 나는 2006년 가을에 인터뷰 때문에 새삼 들추게 된 10년 전의 그의 시집 『처형극장』을 읽으면서 하게 되었다. 강정은 이렇게 말한다. "나 스스로도 오해한 시집이에요. 발의 속도가 머리의 속도보다 빨랐던 때라 그런 식으로 확 나가버리고선 나 스스로도 어디에 발을 딛고 있는지 몰랐죠."

'죽음'은 90년대 시의 일종의 트랜드였을까. 강정의 『처형극장』은 이 코드로만 읽혔던 것 같다. 어쨌든 90년대식의 코드에서 빠져나간 것들이 인상적으로 되돌아오는 셈이다.

"죽음. 내게 그건 일종의 커스츔이긴 했는데, 너무 절실했던 커스츔이었던 거죠. 죽음을 생각할 때가 너무너무 즐거웠고 에너지도 충만해지는 것

같았으니까. 죽음 얘기를 하면 내가 빵빵해지니까, 뭐랄까, 어디 경계를 넘어 갔다 온 것 같은 느낌이니까. 그 당시엔 시를 못 쓰면 밤길이 너무 무서웠어요. 턱없이 오만해지기도 하지만, 원래 난 심하게 겁이 많고 대단히 소심한 인간이거든요. 겁이 많으니까 겁 없는 사람이 하는 짓을 하기도 하는 거죠. 겁이 많으니까 겁이 없어진다고 할까.

난 여자들한테 콤플렉스가 있는데, 그네들은 남자들보다 훨씬 날카롭고 급진적으로 보여요. 남자애들 하는 짓은 뻔하고 유치해보였죠. 여자들은 한 달에 한 번씩 피를 봐야 하잖아요. 여자들은 몸을 쓸 줄 아는 존재죠. 한때는 여자가 되고 싶다고 의식적으로 선포하고 다녔는데, 그러자면 몸을 뒤집어야 하고, 그러니까 죽어야 했던 거기도 했죠. 21세기 패러다임은 여성. 고무적인 현상이긴 한데, 이런 어쩌나, 나는 점점 나이 먹어가면서 남자가 되어가는 것 같으니 말이에요. 시대에 역행하는 거죠."

바람 잃은 깃발을 들고 죽은 남자들 돌아온다
여인들의 담요를 말린 햇볕에 숨은 피,
삼단요 같은 침묵을 열고 아이들이 뛰쳐나간다
나의 음악이 제가 낳은 모든 소리들을 벗고
이건 전쟁이야, 전쟁!
물기 빠진 영혼이 드디어 여자가 되는

—「나의 음악이 나를」 부분

「갈가마귀」라는 시는 이렇게 문을 열기도 한다. "나는 여자야, 두 개의 유방과 한 개의 자궁도 있지." 자궁을 가진 남자. 안팎이 뒤집히고 뒤섞이고, 나이면서 동시에 너이고, 그렇게 거대해지는 나. 그런 나의 소란과 소음을 멀뚱멀뚱 쳐다보는 나. "아파하는 나를 멀뚱멀뚱 쳐다본다 재, 정말 아픈 걸까?"(「불안스런 것들」)

강정의 '처형극장'에서는 시끄럽고 문득 생소해지는 감각들이 겹을, 겹겹을 이루면서 실연된다. 강정은 연기하는 자이면서 구경하는 자. 그는 스스로에게 거의 투명한 자이면서 동시에 너무 먼 곳에 있는 것 같다. 그러고 보니, 이쯤에 이런 그의 중얼거림도 적어둬야겠다. "세상에서 내가 가장 관심 없는 인간은 나 자신이 아닌가 싶어요. 내 얘기를 남의 얘기하듯이 하는 게 버릇이 돼 버렸거든요."

그의 심드렁한 이런 말 옆에다 그의 시 한 대목을 옮겨놓기로 한다. "빗물이 두 눈을 꿰뚫고 오랫동안 알고 있던 그가 비로소 낯설다 / 나는 그를 내 인생의 카피본으로 읽었었다 / 우산 없이 고백하는 그의 길고 긴 얘기를 들으며 / 젖은 몸이 비로소 물이 될 때까지 / 나는 숨을 쉴 수가 없다"(「자화상」). '나'라는 1인칭과 '그'라는 3인칭. 한 사람이면서 동시에 한 사람이 아닌.

자궁을 어둡다고 생각하는 게 왜일까, 를 나는
청춘과 죽음이 맞붙은 자리에서 두 몸이 다
끝도 시작도 없는 안 보이는 여자들의

깊은 샘 속으로 가라앉는 때문이라고 여긴다
그 이유로 나는, 가끔씩 한계 이상으로 눈을 크게 뜨고
어둠 속에 되비쳐 내가 되기도 하는 그를, 노려보는 것이다
나이기도 하고, 내 옆의 여자이기도 한 그,
만나는 순간 내가 되고, 내가 아는 모든 여자가 되고
그 어떤 여자보다도 더 여자이기만 한 그를,
마침내 안팎이 뒤엉켜 여자고 내고 모두가
한몸뚱이 전체로 세상 한가운데 그가 되기를,
나는 日常의 처진 어깨들과 쓸쓸한 눈망울들 속에 똘똘 묶인 채
기다리고 있는 것이다

—「I'm Waiting for the Man」 부분

5. 자의식이 사라지는 자리, 무대

강정은 록커rocker다. "나는 록커를 꿈꾼다 귀신 칠갑 화장을 하고 악의 찬 여자의 목소리로 울부짖는, 娼婦라?!" 「넌 뭐냐?! ?냐, !냐」라는 시에서는 또 이렇게 쓰고 있다. "혁명과 사랑을 노래하던 시절에 나는 술담배와 록음악을 익혔다 / 여자는 약간 더 뒤다 여자를 알아버렸을 때는 여자의 위대성을 내가 / 시기하고자 한다는 걸 치욕적으로 깨달았을 때이다 그 치욕이 나

를 키운다 / 나는 여자야, 라고 말하려다가 나는 여자이고 싶어, 라고 밖에 말하지 못한다 치욕이다."

"음악은 어렸을 때부터 하고 싶었던 거예요. 음악 듣다가 시도 쓰게 되었죠. 짐 모리슨 때문에 랭보도 알게 되었던 거구요. 여자친구에게 노래를 녹음해 선물하기도 했더랬죠. 그 친군 내 시보다 내 노래를 더 좋아했었죠. 중학교 때 잠깐 애들하고 밴드를 만들어서 폼 잡고 다니기도 했었는데, 그 후로도 몇 번의 기회가 찾아오긴 했지만 맘먹고 덤비진 않았어요. 작년 말에 음악하는 친구들 사이에서, 공연 같이 한 번 해볼까, 뭐 그런 말이 나왔다가 어쩌다 우연히 무대에 오르게 되었는데, 어, 이거 되네, 했던 거죠.(강정은 열심히 하면 못하고 꼴려서 막 해야 뭔가를 하는 타입이랬나. 평범한 골은 자꾸 놓치는데 갑자기 오버헤드킥을 날리는 타입. 어, 골이 들어갔다구?) 어렸을 때부터 음악을 계속했으면 무리수도 많고 좌충수에 걸리는 일도 많았을 텐데(가령 우리나라 최고의 밴드가 되어야 해, 같은 거 말이에요), 나이 들어서 하니까 그런지 별로 욕심이 없어요. 그렇다고 아주 놀면서 취미생활을 하는 것은 아니니까, 그래도 내 지분을 걸고 하는 거니까, 부담스럽지 않은 무게도 느끼지요.

무대에 올라가면 명징해지죠. 무대에 오르면 바로 내가 보여요. 사람들의 숫자나 반응과는 별도로, 암튼 거기서 답답해지면 완전 다운이 되고, 잘 되면 완전히 거대해지는 거죠. 한 명이 천 명이 되기도 하고, 천 명이 한 명이 되기도 해요. 그 일도 자주하면 지리멸렬해질 텐데, 무대에 자주 오르는 건 아니니깐. 어쨌든 살면서 그런 긴장을 느낄 수 있는 게 그다 많진 않잖아요. 뭐가 나를 그렇게 만들겠어요? 소리가 공명을 하는데, 그게 나하고 일치할 때, 그 쾌감은 끝내주죠. 소리라는 건 보이는 것도 만져지는 것도 아닌데, 그걸 내가 삭삭삭 깍고 있다는 기분이 들어요. 시선은 내 안으로 굽어드는 게 아니라 내가 저기 보이게 되죠. 자의식은 아무 소용이 없어져요. 그건 걸리적거리는 사물일 뿐이에요. 예술가들은 자의식이 강하고 또 그걸 잘 활용해야 한다고들 하지만, 글쎄?, 내 경우엔 자의식은 버려둬야 하는 것, 떨어뜨려두어야 하는 거라고 할 수 있어요."

그래, 자의식이 사라지면 '겁'과 '법法'이 사라지지. 순간적으로 찾아오는 것이지만 자의식이 사라지는 때 우리들은 누구나 '자유'에 거의 도달한다. 강정의 이야기를 듣다가 나는 그가 쓴 이런 시 구절을 떠올린다. "(……) 일말의 / 自我도 없는 것 같다 그래서 나는 플루트를 배우리라 (……) / 내가 플루트를 배우면 플루트는 나를 배울까?"(「失踪」) 그리고 한 대목 더. 시집 열여섯 페이지(96~111쪽)에 걸쳐 씌어져 있는 산문시, 시라고 해도 좋고 산문이라고 한대도 상관없을 「焦土에서」 뽑은 한 부분.

> 없어짐은 얼마나 극명한 드러냄인가? 없어짐의 커다란 진공과, 허다한 진공들의 무한궤도적 흔들림의 여파로 생산되는 우주를 사람들은 새벽, 또는 黎明이라 부른다. 자유롭다는 건 또 무언가? 내가 가질 수 없는 것, 나 아닌 다른 것들도 가질 수 없는 것, 누구도 가져서는 안 되는 것, 누군가 가짐으로써 그 이름과 의미를 고의적으로 상실하는 것, 반사적으로 수천의 사람과 사람 사이를 피해 날으며 그들의 철책처럼 막힌 영혼에 가시를 잠식시키는 것, 自由여! 내 몸에 꽉찬 空洞을 뚫어주고 사라지는 無言의 그녀를 나는 그렇게 부르기로 하는 것이다.

6. 사족

강정의 산문 얘기도 좀 해야겠다. 그의 표현으로 하자면 잡문. 잡스럽다는 것, 나는 그걸 그대로 긍정하고 또 즐기는 편이니 그의 표현을 폄하나 겸손으로 받아들이지는 않았다. 강정이 사람과 만나고 음악과 영화와 책과 만나서 일으키는 불꽃과 파문, 불과 물의 무늬들을, 그 이상한 거울들을 나는 『루트와 코드』라는, 굳이 이름 붙인다면 문화비평집이라고 할 책에서 언뜻언뜻 보았다.

그의 놀라운 '글발'은 이상한 힘이 흘러넘친다. 단번에 존재의 내부를 획 가로지르며 안팎의 통로를 만들어내는 단도직입적인 그의 글은 시적 매력과 유머라는 미덕을 또한 지니고 있다. 그의 단도직입은 한 줄로 꿰는 언어적 설명의 형식이 아니라 존재를 방사형으로 퍼뜨리고 확산시키는 언어적인 힘을 추동하는, 말하자면 엔진 같은 것. 아마도 조만간, 강정의 '나쁜 취향'(『한국일보』에 1년간 50회 넘게 연재했던 편편의 글들을 꿰고 있었던 제목)이 또 한 권의 산문집의 꼴로 세상에 나올 모양이다. (추신: 2006년 12월에 강정의 빨간 책 『나쁜 취향』이 나왔다.)

"내가 궁극에 쓰고 싶은 것은 그냥 하나의 책. 장르가 상관없어지는 글, 글쓰기를 하고 싶어요. 시에 연연하지는 않아요. 비유하자면 시는 무대에 오르는 거라고 할까요. 주어진 섹터 안에서 뭔가 강렬하게 보여줘야 하는 거겠죠. 무대는 맨날 올라가는 건 아니잖아요. 시도 맨날 쓰진 않죠."

1959년, 강정도 나도 태어나기 전, 그 아득하게 느껴지는 때, 해동문화사에서 낸 김춘수의 『한국 현대시 형태론』에서는 다음과 같은 부언을 붙이고 있다. 김춘수는 '사족으로서의 부언'이라고 했던가. 그렇지만 나에게는 이

사족이 가장 흥미로웠다. 내게 2006년에 읽는 김춘수의 문장은 이미 현실이 된 예언처럼 느껴진다.

> 장르는 시(서정시) 안에서의 그것에 그치지 않고, 시 외의 서사시(소설 포함)와 극시(산문희곡 포함)와의 관계에서 또한 서로 자극하고 흡수하고 반발하고 한다. 더 나아가서는 창작문학은 토의문학과 서로 자극하고 흡수하고 반박한다. 문학의 각 장르가 그 장르대로의 전개를 해가다가 어느 시기에 해체의 위기에 놓이게 됨으로써 새로운 반성이 생기고, 거기서 다시 장르 이전의 원시상태에 눈이 뜰 기회를 가지게 되는 것이나 아닌가 하는데, 만약 그렇다면 이 변증법적 과정은 항상 문학을 보다 살찌게 하기 위한 섭리라고 봐야 할 것이다.
>
> 한국의 시(서정시)도 장르의 위기를 경험하기에 이르도록 아득히 전개하여 왔다. '산문으로 서정시를 쓰지 말 것' — 여기서 전연 이질의(종전의 음율 중심의 형태와 그에 적당한 내용에 대하여) 시로 진화(진보 내지 발전에 대하여)하여야 할 것인지, 반동으로 전통적 음율의 새로운 소생을 꾀할 것인지는 한국 시인들의 성실한 지성에 달려 있다 할 것이다.
>
> 해체현상은 그것을 슬퍼할 것이 아니라, 오히려 여기서 한층의 용기와 詩作하는 보람을 느껴야 할 것이다. 정형시 무렵의 시

인들(예를 들면, 이조의 시조 시인이나 한시 시인 등)은 시에 대한 회의(사고)를 아니 가져도 좋을 만큼 행복하였다. 그러나 현대의 시인들은 시에 대한 회의를 아니 가질 수 없는 그만큼 시인의 짐은 무겁고, 시인은 행복하지 못하다고도 하겠으나, 시인이 어찌 제 짐의 무게와 제 불행에 눈 감음으로써 선선할 수가 있겠는가? 저항(짐의 무게와 불행) 없는 곳에는 자유도 없다.

인간의 자유의지가 높고 치밀한 지성에 밑받침되어 종횡으로 발원되어야 할 때를 한국의 시(서정시)는 바야흐로 맞이하면서 있다.

김춘수의 글을 여기다 옮기게 된 건 순전히 강정의 시집을 새삼 꺼내 읽게 된 시간과 김춘수의 『시론전집』에 느닷없이 마음이 동하여 읽기 시작한 때가 우연히 겹쳐졌기 때문이다. 사실 작시법이나 태도, 시론의 측면에서 따지고 들자면, 김춘수와 강정은 거의 극단적으로 반대편에 있다고도 할 수 있다. 그렇지만 이 우연한 만남은 그것이 우연이므로 가볍고, 동시에 무겁다. 나는 다시 한 번 나를 위하여, 같은 시대를 살아가는 나의 시인친구들을 위하여 김춘수의 말을 곱씹어본다. 그러면 전혀 다른 맛이 나기도 하는 것이다. "저항 없는 곳에는 자유도 없다."

그리고 강정을 위하여 한 마디. 웰빙, 강정!

(2006년 가을)

이수명

폭발하는 사물들, 글쓰기의 공간

1965년 서울 출생. 서울대 국문과를 졸업하고 중앙대 대학원 문예창작과 졸업. 1994년 『작가세계』로 등단. 시집으로 『새로운 오독이 거리를 메웠다』(1995), 『왜가리는 왜가리 놀이를 한다』(1998), 『붉은 담장의 커브』(2001), 『고양이 비디오를 보는 고양이』(2004). 박인환문학상 수상.

그리고, 지금, 여기, 공원에서, 진흙처럼, 뭉쳐 있는, 나는 어떤 세계에 대각선을 긋고 있는 것일까? 어떤 세계에 멎어버린 총알처럼 튀어나와 있는 것일까?

—「악어의 물결무늬」에서

1. 인터뷰와 글쓰기

저기 두 사람이 마주보고 앉아 얘기를 나누고 있다. 두 개의 찻잔. 뜨거운 차가 실내의 온도와 같아지고, 조금 더 차가워졌을까, 그런 채로 놓여 있고, 그런 온도와는 무관하게 그녀들은 말을 하고 있다. "식으니까 더 맛있네." 그녀가 그런 말을 할 때쯤엔(약간의 간격을 두고 두 번), 그녀들은 서서히 이야기의 꼬리를 의식적으로 놓치고 있었다. 어쩌다보니 그날 그녀들은 또 다른 약속이 있었다. 이런 마무리란 도중에서 툭 끊어지는 것, 혹은 누군가의 모습이 쓱 사라지는 어떤 모퉁이와 같은 것이다. 다시 말해, 그녀들은 더 많은 이야기를 할 수도 있었던 것이다. 아무 말도 하지 않을 수 있는 것처럼. 어떻게 그렇지 않겠는가. 그렇지만 그동안 테이블 위에서 말을 감고 있던 녹음기의 버튼을 어쩐지 성급하게 꾸욱, 누른다. 표정과 손짓이 담기지 않는 녹음기는 OFF. 두 시간 반 정도가 흘렀다. 그녀들은 이미 약속시간에 맞춰 닿기엔 조금씩 늦었다.

여기 한 사람이 글을 쓰고 있다. 그 한 사람은 '너'의 말을 글로 옮긴다는 착각이나 환상을 품고 있을까? 다만 그렇게 보이는 환영을 만들어낼 작정인가? 나는 여러 차례 인터뷰를 해오면서, 여기, 글을 쓰는 자리에서 이루어지는 분절과 배치, 감춤과 드러냄, 해석과 인용 등을 통해서 '너'를 조금 더 돌출시키고 싶었다. '너'는 매혹적이었다. 매혹적인 미지였다. 그래서 글을 쓰는 자의 얼굴을 한(분절과 배치, 감춤과 드러냄, 해석과 인용을 하고, 말을 섞는) 이 '나'라는 주어가 때로 불편했고, 멀리 치워두려고도 했고, 그랬지만 번번이 튀어나와 번번이 오독하고 오해하고 이해하는 자의 표정을 지었다. 나는 너에게 그런 미소를 보냈다. 그것은 '너'를 이해하는(오해하는) 방식이 아니라 '나'를 이해하는(오해하는) 방식이었을지도 모른다. 그 안에 어떤 겹침이 있고 튕겨져나가는 것들이 있을까?

며칠 전에 만난 여자, 이수명 시인은 녹음기가 꺼진 자리에서(나는 어쨌든 최대한 녹음기의 도움을 받으려고 하는데, 역시 성급했던 것) 이렇게 말했을 것이다. "행숙씨는 나를 구경하지만, 나는 행숙씨를 구경해요. 내가 보는 '누구', 그 '누구'에 대한 글을 쓴대도 글을 쓰는 자 만큼 그 누구도 드러나지 않아요. 그러니까, 그 '누구'를 아무리 잘 그려낸다고 해도 행숙씨만큼 드러나진 않는 거란 말이죠. 충분히 자유로워져도 돼요. 대상을 희미하게 보여줄수록 쾌감이 있어요. 상상력으로 채워질 부분이 그만큼 많으니까. 재밌게 감상할게요." 아마도 이렇게. 나는 약간 부끄러워지는 기분이었다.

나는 이 기억 속의 말 옆에 그녀의 산문(인터넷에서 읽은 것이었는데, 알고 보니 이것은 어떤 문학상 수상소감이었다)을 인용한다. 이런 배치는 그녀를 빌려 인터뷰라는 글쓰기에 대해 내가 품고 있는 희망사항을 표시하는 방식이기도 하다. 언제나 미치지 못하는 희망이었으나.

> …… 이질감은 동질감을 파괴하지 않지만, 동질감은 이질감을 파괴한다. 동질감이란 구속적이다. 그러면서도 개성을 견디지 못하는 사회란 얼마나 허약한가?
>
> 시는 동질감을 위해서가 아니라 이질감을 위해서 존재한다. 시는 지속적으로 동류화되는 우리 삶에 날아드는 이물질이다. 그것은 우리의 맞은편에 섬으로써 우리들 스스로 우리들 맞은편에 서게 한다. 우리는 자신에게 마주함으로써 묻혀 있던 우리들을 볼 수 있게 되고, 세계를 인식하게 된다. 세계는 비로소 돌출한다. 세계는 함몰에 있지 않다. 그것은 갈라지는, 튀어나오는 어떤 것이다. 시는 세계를 세계로 만들어준다.
>
> 물론 그렇다고 하여 차이를 만들어내는 것만이 시적이라는 것은 아니다. 동의한다는 것은 반대한다는 것보다 더 미묘한 일

이라는 것을 말하려는 것이다. 동의가 동의되는 대상에 플러스 알파적 요소를 보태지 않는다면, 다시 말해서 이물질을 전제한 동의가 아니라면, 그 동의는 그룹을 만드는 일에 지나지 않는다. 동의는 빈손으로 하는 것이 아니다. 동의가 아름다운 것은 동의하면서 확장시키기 때문이다. 물론 이 확장이 위험할수록 그것은 더 아름답다. 동의함으로써 애초의 단계를 파괴해버리고 새로운 상태로 나아가도록 하는 것, 예기치 못한 이러한 전환이야말로 동의가 의미 있는 유일한 길일 것이다. 그리고 이러한 의미에서라면 시는 한편으로 세계에 대한 진정한 동의라 할 수 있다. ……

'동의는 빈손으로 하는 것이 아니다.' 나는 못생긴 내 손을 잠시 들여다본다. 아무 말도 하지 않는 손. 그리고, 그러나 나는 띄엄띄엄 다시 글을 쓰기 시작하는 것이다.

2. 시를 쓰는 것과 시를 말하는 것

시를 쓰는 이수명과 시를 말하는(논하는) 이수명은 놀랍도록 날카로운 접점을 갖지만 각각 딴 세계에 있다.

시를 쓰는 이수명은, 말하자면 무지이거나 미지인 세계에 던져져 있는 자이다. 더욱 적극적으로 그런 세계에 뛰어든 자이다. 이 세계는 그 다음을 알지 못하는 세계다. 이수명이 썼던 '현재'라는 말을 이 세계의 이름으로 붙여도 좋을 것이다. 김수영이 썼던 말로 하면, 모호성. 그러니까 김수영은 "나의 모호성은 詩作을 위한 나의 정신구조의 上部 중에서도 가장 첨단의 부분을 차지하고 있는 것이고, 이것이 없이는 무한대의 혼돈에의 접근을 위한 유일한 도구를 상실하는 것"(「시여 침을 뱉어라」)이 된다고 했다. 나는 내 첫시집에다 "다만, 내가 알았던 것에 기댈 수 없을 뿐이다. 그리고 다만, 나의 무지의 힘으로 으으으 달릴 뿐이다"는 발언을 끼적거려놓았다는 걸 불현듯 떠올린다. 자기의 길을 조금 더, '더' 멀리 달려가기로(시에 밀려가고 또 시를 밀고가기로) 선택한다는 것은 태도의 문제에 국한되는 것이 아니라, 언제나, 매순간, 부단히, 미리 예정된 방향이 없는 움직이는 길 자체를 창출해내는 문제 속으로 들어간다는 것을 의미한다. 이수명은 이렇게 쓴 바 있다.

> 시를 쓰는 일은 무엇을 원하지 않는 상태가 되는 일이다. 혹은 무엇을 원하는지 알지 못하는 상태가 되는 일이다. 시를 쓰기 위해서는 눈앞에 펼쳐지는 시간과 공간, 사물들, 현실의 이름들을 거부하고 그것들로부터 멀어지기를 계속해야 한다. 그들과의 밀착에서 벗어나야 하고, 그들과의 사이에 틈을 만들어야 한다. 일종의 공황상태다. 의식은 마비 상태에 가까운 무력증을 드러내고, 두뇌는 기능을 잃은 듯이 여겨진다. 가진 것을 잃은 것이다. 이는

지각, 감각, 기억, 연상 등을 잃고 사라져버리는 일이다. 정신이 무장 해제되는 것, 바로 이것이 시의 토대이다.

무장 해제된 정신이란 정신의 자유로움을 뜻한다. 시는 정신이 거느렸던 기존의 무기를 버리고 무기의 형식으로부터 자유로운 것이다. 그리고 자유로움은 그 자체가 새로운 무기이다. 더 날카롭고 강력한 무기이다. 감각은 새로운 차원의 감각이어서 시각과 청각은 물리적 한계를 넘어서 감지할 수 없었던 것들을 포착하며, 인식은 사물들의 경계를 넘나드는 경지로 나아간다. 투시하고, 침투하며, 스며든다. 이러한 일련의 과정은 교란을 가져온다. 앞에 서서 흔들어 버리는 것, 정신의 전위, 이것이 시의 토대이다.

—「시학」에서(『시와 사상』, 2002 여름호)

그녀는 이렇게 얘기했다. "시를 쓰는 중에 지속적인 폭발이 발생하거든요. 사전 조율이 다 된 상태에서 씌어지는 것이 아니에요. 저는 부딪혀서 옆으로 가는(휘어지는) 스타일이에요. 사물과 부딪친 다음에 방향이 정해진다는 거죠. 어리석은 시도와 부딪침의 순간이 계속적인(현재적인) 폭발을 일으켜요. 그 다음에 옆으로 휘는. 휘어지면서 더 좁은 데로 빠져나가는."

그러니까, 그녀의 네 번째 시집 『고양이 비디오를 보는 고양이』를 펼쳐보면, 시인은 이런 자서를 붙이게 되는 것이다.

빠져나간다.
빠져나갈 수 없는 각도를

그곳에서는
모든 음들이 한꺼번에 울리고 있다.

빠져나갈 수 없는 각도, 그런 커브를 빠져나간 존재, 그러나 또 다시 계속되는 사물과의 폭발을 향해 뛰어드는 그러한 존재의 순간적인 상태를 다음의 시 구절은 인상적으로 보여준다고 하겠다.

그리고, 지금, 여기, 공원에서, 진흙처럼, 뭉쳐 있는, 나는, 어떤 세계에 대각선을 긋고 있는 것일까? 어떤 세계에 멎어버린 총알처럼 튀어나와 있는 것일까?

—「악어의 물결무늬」 부분(『왜가리는 왜가리 놀이를 한다』)

언젠가 나는 그녀의 시 한 편을 가지고 짧은 글을 쓴 적이 있었는데, 그래서 우리의 화제 속으로 들어오게 된 작품은 「포장품」.

물건은 묶여 있다. 나는 줄을 풀고 있다. 누군가 포장된 도로 위를 달린다.

물건은 포장되어 묶여 있다. 나는 포장을 동여맨 줄을 풀고 있다. 누군가 포장된 도로 위를 달린다.

물건은 여러 겹의 비닐로 포장되어 묶여 있다. 나는 비닐을 조르고 있는 줄을 풀고 있다. 누군가 포장된 도로 위를 달린다.

물건은 토막 내져 검은 비닐에 담긴 채 묶여 있다. 나는 풀수록 조여드는 줄을 풀고 있다. 이쪽을 풀면 저쪽이 엉킨다. 이쪽을 풀면 누군가 이쪽을 다시 묶는다. 누군가 포장된 도로 위를 달린다.

물건은 묶여 있다.

"(해석이라는 관행 속에서) 포장품을 묶고 푸는 손과 도로 위를 달리는 사람을 연결시켜 보면 이 둘은 조율된 배치로 보일 수도 있을 거예요. 그렇지만 미리 계산하고 조율한 것이 아니라 저는 그냥 쓴 거거든요. 조율된 것으로 읽지 않으면 그 두 존재의 거리는 훨씬 넓어요. 영원히 떨어져 있는 것이죠. 영원히 미완의 거리가 가로놓여 있단 말이죠. 그것은 처리되고 해결되지 않는 채로 남는 것이에요. 글을 쓰는 사람의 조작 속으로 해소되어지지 않는 어떤 것, 그가 처리할 수 없었던 어떤 것이 남아 있어야 해요. 바로 그게 사물에게 자리를 내주는 것일 거예요. 완벽하게 사물이나 세계를 통어해서 자기 나름의 자아 속으로 통합하는 것이 아니라 사물이나 세계의 목소리에 경외심 같은 것을 품고 있어야 하는 거죠. 통어, 조작하지 못하는 그 자리에 자유로움이 있다고 생각해요."

그녀의 이런 말 옆에서 나는, 미리 구상된 배치가 아니라 우연에 가까운 직관 속에서 두 가지가 시에 배치되는 순간 발생하는 느낌, 그 이상한 시간의 느낌 속에서 타고 있는 고독한 불꽃들에 대하여 말을 섞고 있었다. 말하자면, 영원히 떨어져 있는 동시성. 만날 수 없는 두 개의 현재. 그러나 두 개의 평행선이 이상하게 만나는 저 머나먼 곳, 그곳을 스쳐서 헤어진 듯한.

몇 년 전에 내가 이 시를 놓고 썼던 글의 내용은 정확하지 않지만(그 원고는 아마도 컴퓨터 어딘가에 얌전히 들어앉아있을 텐데 왜 찾을 수 없는 건지. 그치만 그게 무슨 상관이랴), 그 글에 붙인 제목 정도는 분명하게 기억한다. 「반복의 힘」. 다시 반복해서 포장품을 묶고 푸는 손. 또다시 돌아온 듯이 반복해서 도로를 달리는 사람. 역사적인 시간으로 사유하고 살아가는 인간에게 반복은 시지푸스의 노동이 그러하듯이 형벌에 가까운 것으로 그려져왔다. 그러므로 반복의 자발적인 실천이란 그녀의 첫 시집에 붙여진 황현산 선생의 평문이 말하듯이 '불행을 확인'하는 미학적인 싸움이자 고집이 아닐까. 그 첫 시집 어느 구석에서 발견하게 되는 이런 구절, "나는 반복의 미덕을, 반복의 힘만을 소유하길 바라는 것이다"를 나는 그녀에게 상기시키면서 물었다.

"음. 이렇게 말할 수 있을 것 같네요. 시는 역사하고는 다른 거잖아요. 역사로부터 탈주하는, 역사를 무화시키는 어느 지점에 시는 있어요. 그렇게 말할 때는 현재만이 중요한 것이에요. 그럼, 왜 현재만이 중요하냐고 물을 수 있겠죠. 과거나 미래는 인간의 정신 속으로 통합되어 들어오는 시간이잖아요. 말하자면, 과거는 정리되는 것이고 미래는 기대와 예측의 형식 속에서 사유되는 것이죠. 그러나 현재는 표류 자체잖아요. 그림이 안 그려지는. 과거나 미래, 다시 말해서 정리하고 예측하는 시간의 형식은 다른 것들(철학이나 역사 같은 것)이 사유하는 방식이고, 시는 표류하는 것을 그리는 거라고 할 수 있어요. 시나 문학은 지금 현재의 혼돈하고 표류하는 것을 현재진행형으로 보여주는 거란 말이죠. 반복 자체가 바로 그 혼돈과 표류의 과정(혼돈과 표류 속에 몸을 맡기는 것)이 아니었을까 싶네. 계속 표류하는 것. 계속 돌아오지만 돌아오는 시점을 알 수는 없죠. 반복의 미덕, 반복의 힘, 그런 말은 생각해보니 「창」이라는 시에서 썼던 것 같은데요.

음. 근데 말이죠. 첫 시집은요, 개인적으로 별로 언급을 안 해요. 시집에 실린 시 70편으로 등단을 했어요. 등단작들을 제외하고는 한 편도 잡지에 발표한 적이 없는 것들이죠. 시간상으로도 그렇고, 그건 내가 원하지 않는 편차들로 이루어져 있어요. 릴케는 자기 생애의 전반기에 (자기 세계가 형성되기 이전에) 낸 시집 대여섯 권을 전부 부정하지요. 『기도시집』, 『형상시집』, 그리고 로댕과의 특별한 만남(『로댕론』을 쓰면서)을 가지면서 혹독하게 자신을 훈련하고 확인한 이후의 중기시집부터 릴케는 자신의 세계로서 인정을 해요. 그는 갈수록 좋은 시를 써서 말년에 최고의 작품을 쓰죠. 『두비노의 비가』. 『오르페우스에게 바치는 소네트』. 가장 무시무시한 작업은 최후에 이루어져야 하는 거죠. 그건 계속해서 모색한다는 것을 의미해요. 물론 첫 시집으로 모든 것을 이루는 랭보 같은 경우도 있지만."

어쨌든 나는 여기서 잠깐 끼어든다. "갈수록 좋은 시를 쓰기란 참으로 어렵고 두려운 일이겠죠. (그래서 그녀가 쓴 무시무시하다는 말이 더욱 적확하게 느껴졌던 것이다.) 모르는 어느 사이에 우물이 마르듯이, 그렇게 되는 게 일반적이라고 할까?"

이어지는 그녀의 말. "20대나 30대는 창조적인 시기죠. 이상한 춤을 춰도 창조적으로 출 수 있는 때죠. 연령이 주는 독특한 창의성이라는 게 있어요. 그때는 그 창의성을 사용하는 것 같아요. 생물학적인 창의성의 시기가 지나고 나면 그 다음은 평범해지죠. 그 이후를 추동할 수 있는 창의성은 그것과는 다른 차원의 것이겠지요. 자신의 내면에서 계속해서 뭔가를 추동해내는 게(만들어내는 게) 있어야 하는 거라고 생각해요. 릴케를 보면 위대한 시인은 형성되어 나가는 존재라는 걸 알게 돼요."

그렇게 이수명은 세상에 있으면서 세상에 속하지 않는 듯한 고독한 의자에 앉아 책상 위에서 자신의 작업을 밀고 나가고 있을 것이다. 그녀가 썼던 표현으로 하면, '잠행潛行'. 이 풍경은 세계에 분명히 존재하고 있는, 그러나 깊숙이 숨겨진 그림들 중의 하나다.

미지의 폭발을 향해 튕겨져나가는 총알은 그녀의 단정한 이미지에, 그리고 이 정태적인 듯이 보이는 풍경에 어쩐지 부적합한 것 같지만, 그런 총알과 같은 순간들이 글쓰기의 공간을 존재하게 한다. 글쓰기의 현재 속에서 끊임없이 현재를 생성해낸다는 것은 어디로 휠지 모르는 미지의 방향에 몸을 맡기는 것이라고 할 수 있겠지.

극히 단순하게 말한다면, 시를 쓰는 이수명은 '모르는 자'이다. 그러나 시를 말하는 이수명은 그렇지 않다. 이때의 이수명은 휘어져 빠져나가는 존재가 아니라, 들여다보는 자이며 정확하게 근접해나가는 자이며 글쓰기의 공간을 인식해내려고 하는 또 다른 두뇌이자 시선이다.

나는 그녀에게 시를 쓰는 작업과 시를 말하는 작업, 말하자면 시와 시론을 함께 전개해 나간다면, 그래서 언젠가 그녀의 시론집도 읽을 수 있으면 좋겠다는 바램을 내비쳤다. 시와 시론은 각각 떨어져 있는 작업인 채로 그 팽팽함으로써 서로의 음音에 의미있는 개입을 할 수 있지 않을까. 더욱이 그가 이수명이라면.

그녀는 메타적인 시선과 그 기능에 대해 짤막하게 이런 말을 보탰을 뿐이다. 그렇지, 아직은 뭐라 말할 수 있는 때가 아닐 테니. "자기가 하고자 하는 것에 대한 비판이나 성찰은 아주 중요해요. 옆으로 자기를 제지할 수 있는 힘 같은 것이 필요하단 말이죠. 그건 이렇게 하고자 하는데 이렇게 하지 않게끔 하는 것이고, 자기가 가지고 있는 걸로 제일 잘 하기 마련이라도 그걸 한번 뒤집어 보는 것이죠."

3. 사물과 내면

카반느: 어느 인터뷰에서 말씀하시기를 당신은 일반적으로 신문 기자들의 질문은 당신을 괴롭힌다고 했습니다. 그리고 사람들이 결코 질문하지 않는, 당신이 질문하기를 바라는 질문이 있는데, 그것은 "건강은 어떠하십니까?"였습니다.

뒤샹: 나는 아주 건강하다. 전혀 나쁜 건강 상태가 아니다. 한두 번 수술은 했는데 내 나이에 있을 법한 전립선 같은 정상적인 수술이었다. 나는 79세의 모든 남성들에게 닥쳐오는 근심들을 경험했다. 주의하세요! 나는 아주 행복하다.

1966년 4월에서 6월까지 뒤샹의 집에서 이루어졌다고 하는 피에르 카반느의 마르셀 뒤샹 인터뷰는 특별한 한 권의 책이 되었는데, 위의 것은 그 마지막 문답이다. 예술가의 인생에서, 그것도 육성으로 듣는 '행복'이라는 말은 어쩐지 낯설고 미심쩍게 들릴 수도 있다. 그러나 이 문답 속에는 어떤 명랑함과 위트가 있으며 또한 지나쳐버리기 쉬운 진지함이 들어있다. 내가 들은 이수명의 다음과 같은 말에는 생에 대한 매우 진지한 태도가 분명히 깔려 있었다.

"지금 내가 살고 있는 모습이 내가 욕망하던 모습일 거예요. 그렇지 않아요? 내 욕망은 저기에 있는데 나는 여기서 이렇게 살고 있다고 생각하지는 않아요. 욕망하는 것을 사람은 살 수밖에 없다고 생각해요.

이렇게 말해보면 어떨까. 천국이라면, 현재의 여기가 천국이라고 생각해요. 이 말은 내가 지금 너무 행복하다는 말과는 다른 거예요. 바로 여기, 이 세계는 내가 원하는 것들이 그냥 모두 갖춰져 있는 세계인 거예요. 이 모습이 아니라 천국이 다른 모습으로 존재한다면 그건 이해할 수 없을 거예요. 내가 원하는 것을 생생하게 느끼게 해주지 못하고 너무나 희미하게만 보여준다고 할지라도 여기가 천국이라고 생각해요. 시가 이 세계에서 누리고 있는, 받고 있고 주고 있는 관계를 드러낼 수 있으면 좋겠어요."

그러므로 그녀에게는 이런 불만이 있다. "사물이 없이 자기의 부패한 내면만으로 모든 것을 덮어버려서는 안 돼요." 이것은 최근의 일군의 시 경향에 대한 그녀의 인상이자 비판이기도 했다. 그녀의 말을 계속 따라가 보자.

"세계를 얕잡아보고 자신의 부패한 내면으로 이 세계를 덮어버리려는 시도가 있는 것 같아요. 거기에는 어떤 거만한 태도 같은 것이 있어요. 뭔가를, 세계와 사물을 조금은 남겨둬야 해요. 치열하게 부딪친다하더라도, 미리 가지고 있는 무기로 부수려고 하지 말고 사물의 세계와 조우를 해서 가져오고 가져가는 뭐 그런 게 있어야만 해요. 일방적으로 때려부수려고 하지 말고.

이 말은, 독자와의 소통을 위한 시를 써야 한다, 그런 뜻은 아니에요. 나대로 추구하고 탐험에 들어가면 돼요. 김구용 시인처럼. (그녀는 김구용 시인으로 박사논문을 쓰고 있는 중인데, 마무리 단계에 와 있는 것 같았다. 우리는 여기에 대해서도 짧게 얘기를 나누었다. 거의 연구가 이뤄지지 않은 그에 대해서, 나는 그의 시를 제대로 접해보지도 않은 상태에서 몇 개의 우연이 겹치면서 최근에 이상한 흥미를 느끼게 되었다. 이수명의 논평도 그 우연의 하나로 첨가된다. "중편소설 분량의 시 3편(중편산문시), 이것이 김구용 시문학의 꽃이거든요. 그의 문학의 불가해성과 난해성이 집약적으로 드러나 있죠. 굉장히 스피드한 문체. 장면 전개의 역동성"; 2007년 6월에 이수명(이숙예)의 박사논문 「김구용 시 연구 — 타자와 주체의 관계 양상을 중심으로」가 중앙대학교 대학원에서 나왔다.) 그는 정말 초연하게 자기가 갈 길을 간 거예요. 김구용 시인의 위대함은 자신이 그토록 큰 시선을 가지고 있으면서도 자기가 다 포장하지 못하는 것을 남겨둔다는 데 있다고 생각해요. 이렇게 말해볼 수 있겠네요. 고트프리드 벤의 말, "저항이라면 자신의 저항조차 분쇄해버릴 수 있는 강력한 송곳니 같은 두뇌가 필요하다." 그러니까, 아무리 자기의 두뇌가 뛰어나고, 자기의 내면이 강하다 해도, 자기가 하고자 하는 말이 재밌다하더라도, 그것으로 다 덮으면 안 된다는 거죠. 자기가 하는 것을 분쇄해가면서 나아가는 다중적인 시각이 필요하단 거죠.

사물을 읽어낼 수 있는 자기대로의 방식이 있을 수 있다고 생각해요. 존재하는 세계나 사물을 약간 높임으로써(자기를 조금만 낮춤으로써) 이 세계를 조금만 더 위대하게 볼 수 있다면(존재하는 세계와 소통할 수 있다면), 우리는 엄숙해질 수 있을 것 같아요."

사물의 목소리, 사물의 자리를 남기기 위한 이수명의 시적 모색과 고민은 회화 작품을 이야기하는 중에서도 잘 드러난다.

"그래요, 내겐 추상에 대한 지향이 있어요. 말레비치나 몬드리안의 것같

데 키리코, 〈우울과 신비의 거리〉, 1914

이 차갑고 견고한 것. 그렇지만 구상이 다 무너진, 그야말로 형태가 다 없어진 그런 추상보다는 형태(구상)의 흔적이 약간 남아 있는 그림을 더 좋아해요. 일그러진 채로 그 안에 신비한 사물의 매력이 남아 있는 그런 그림. 키리코나 마그리트의 그림을 좋아해요. 나는 사물이나 존재가 다 휘발되어버린(그로부터 완전히 자유로워진 것 같은) 그런 추상 쪽이 아니라, 분명히 사물에 붙들려 있고 존재를 품고 있는 그런 쪽에 기울어져요."

> 내가 앉은 테이블에 세계도 앉는다. 그는 나를 소개한다. 비가 내리고 있고 그의 목소리는 잘 들리지 않는다. 그가 무어라고 손짓하면서 나를 일으켜세운다. 나는 말한다. 「화살표를 따라가시오.」
>
> 그가 머리 위로 손뼉을 친다. 팔을 열었다 닫으면서. 그는 두 팔의 대칭에 빠진다. 그와 나의 대칭에 빠진다. 나는 물에 잠긴 잠수교를 그린다. 나는 세계를 전염시킨다.
>
> —「기하학은 두 번 통과한다」 전문

그녀의 두 번째 시집 『왜가리는 왜가리 놀이를 한다』에 실려 있는 시다. "내가 앉은 테이블에 세계도 앉는다." 세계의 이 동작은 인체를 빌린 듯 하다. 빗소리에 지워지는 듯 잘 들리지 않는 목소리, 손짓, 손뼉, 게다가 세계는 '그'라는 인칭으로 호명된다. 그럼에도 이 시에서 세계는 거의 의인화되지 않은 채, 알레고리가 되지 않으면서 존재한다. 여기서 '그'라는 인칭은 차라리 비인칭이다. 여기에 남아있는 것은 기하학적인 선분 같은 것이다. 그것은 움직이는 선분 같은 것. '그와 나의 대칭' 속에서 나는 세계를 전염시킨다고 쓰지만, 그렇게 씌어지지 않는다. 나 또한 이상한 대각선이거나 어떤 곡선으로만 세계에 참여하고 있는 존재일 뿐. 나는 세계와 마주앉아 기하학 놀이를 하고 있는 중인 것 같다.

내가 이 시를 여기서 이렇게 풀어놓는 것은 다소 엉뚱한 짓 같다. 나의 읽기가 아니라, 실은 이 시와 그녀의 말이 어딘가 통한다고 느껴져서 잠시 그녀의 말 사이에 끼워 넣으려고 했던 것뿐이었는데 조금 장황해진 것 같다. 다시 그녀의 이야기로 돌아가자.

"가라타니 고진의 책(『일본 근대문학의 기원』)을 읽으면서도 그런 생각을 했어요. 말하자면, 애초에 형성되어 있는 개념 같은 것들은 다 무화되어야 한다는. 고진은 말하죠. 다빈치가 모나리자를 그렸을 때 개념(추상)으로서의 얼굴이 나온 것이 아니라 드디어 맨 얼굴이 출현했다, 그리고 이 맨 얼굴의 출현과 동시에 내면이 의미를 하기 시작했다고. 바로 여기서 난 '출현'이라는 말에 주목해요. 이때의 출현은 미리 구축되어 있는 것이 나오는 게 아니라 사물(존재)과 부딪혔을 때 발생하는 것을 뜻하잖아요. 사물과 부딪혔을 때 깨어나는 내면, 그것이 중요해요."

사물과의 부딪침으로 깨어나는 내면, 그런 의미로도 내면은 온전히 자기 것이라고 말할 수 없는 것일 터. 또 다른 충돌도 있을 것이고 깨어짐도 균열도 있을 것이다. 그것은 너무 많고 너무 다른 것들이어서 차라리 비어 있는 동공 같이 느껴지는 것. 많은 얼굴들, 고정되지 않는 얼굴들. 그것은 어쩌면 '내면'이라는 말, 너무나 오랫동안 사용되면서 관습의 더께가 앉고 닳고 익숙해져버린 그 용어를 떠나야 하는 것일지도 모른다. 거의 나라고 할 수 없는 나. 알 수 없는 너에 가까운 나. 이것은 요즘의 나의 관심사다.

고진은 근대문학의 기원이라는 지점에서 내면을 말했다. 그렇게 맨 얼굴의 발견과 함께, 풍경의 발견과 함께 문학에서 작동하기 시작한 내면이 그 기원을 잊고 자명해졌다는 것, 이 내면이 문학의 제도 속으로 깊숙이 들어와버려서 어떤 전도(말하자면, 내면이라는 것은 원래 주어져 있는 것이라는 관념, 내면이 그 자체로서 존재한다는 환상)가 자연물처럼 정착했다는 것을 그의 책은 포착해낸다.

이수명은 다음과 같이 말한다. "자의식적으로 들어온 것이든 외부에서 심어진 것이든 구축된 자아에 전적으로 기대는 서정시는 무반성적이라는 점에서 지극히 자족적이죠. 반성적 비판적 매개 없이 구축되어 있는 것을 배포하는 것, 그 방식으로 자기의 고통이나 깨달음을 특별히 의미 있는 것인 양 전파하는 것, 시가 그런 것이 되어서는 안 된다고 생각해요."

4. 말은 끊기고, 이제 어디로 휘어질 것인가

이수명 시인을 내가 처음 본 것은 대학원 강의실에서였다. 굳이 따져보면, 1997년 봄학기. 그러니까 10년 전. 황현산 선생님의 보들레르 시 강의가 있었던 강의실에 청강생으로 두 명의 시인, 최정례 시인과 이수명 시인이 함께 했다. 그러나 그 한 학기 동안 그녀와 말을 나눠 본 기억도 없고, 심지어 그녀의 목소리를 들은 기억도 없다. 그 당시 나는 시와 멀리 있었고, 시인과는 더 먼 거리에 있었다. 아마 첫 시간에 간단한 소개가 있었을 텐데, 나는 이름을 어찌 잘못 듣고선 이선영 시인인 줄로만 한동안 알고 있었을 정도니.

어쨌든, 그녀의 '조용함'은 내게 특별한 인상으로 남아 있다. 그 '조용함'의 인상은 이후에 내가 그녀의 시를 읽고서 갖게 된 이미지에 보태졌는데, 그렇게 해서 만들어진 이미지는 이랬다. 말을 하려고 꺼내놓고 보니 잘못 튼 말문처럼 어쩔 줄 모르겠지만, 뜨거움과 차가움이 떨어진 채로 나란히 있다고나 할까? 이런 뜬금없는 말을 했더니, 이수명 시인은 약간 명랑하게 웃었다. 물론, "그래요?"라는 돌아오는 의문문과 함께. 나는 다시 난감해져서 그렇게 같이 웃을밖에.

그녀는 그럴 것 같은 것처럼 정말 배우는 걸 좋아한단다. 보들레르 강의를 듣던 무렵엔 김우창 선생님의 수업(스티븐슨, 엘리어트, 파운드가 다뤄졌던)도 청강했다지. 지금 쓰고 있는 박사논문을 끝내면 뭘 배울까, 벌써부터 설렌다지. 이화여대 여성학과 대학원을 수료한 이력도 눈에 띈다. 어떤 길 위에서라도 배우고 생각하고 싸우는 일을 그녀는 멈추지 않을 것 같다. 참, 그녀는 여러 권의 번역서를 가지고 있기도 한데, 그녀의 다음과 같은 말도 인상적이었다.

"언젠가 황현산 선생님한테서 들은 말(글이었나?) 같은데요. 말하자면, 한국문학이 번역 때문에 평가를 못 받는다고 많이들 안타까워 하지만, 그런 게 아니라 번역이라는 관문을 통과해야 한다는 거예요. 이 생각에 전적으로 동의해요. 번역은 깎아내는 일만이 아니라, 번역에는 그 깎아냄을 감수하면서도 남는 것이 있어요. 서로 다른 두 개의 언어를 통과하여 남는 어떤 본질 같은 것 말이에요. 번역, 그 작업도 재미가 있어요. 번역의 재미를 뭐라고 해야 할까? 괄호에 칠 건 치고, 걸러낼 건 걸러내면서 접근해가는 것, 돌파해 나가면서 향해가는 접점 같은 게 있죠."

툭,

여기서 이렇게 우리의 녹취록은 끊겼지만, 나는 이 글을 쓰면서 그녀와 조금 더 이야기를 나눈 것 같다. 다시 만나 얘기를 좀더 나눴음하는 마음이 몇 번쯤 솟구쳤지만, 글을 쓰는 것은 지금까지 그래왔던 것처럼 그녀의 부재 속에서 그녀에게 말을 거는 일이었다. 이제 어디로 휘어지는 걸까요? 이제 막 내가 당신을 만났다면.

(2006년 겨울)

김언

원리의 발명, 어느 좌표에도 찍히지 않는 점들의 좌표를 찾아서

1973년 부산 출생. 부산대 산업공학과 및 국문과 졸업. 1998년 『시와 사상』에 「해바라기」 외 6편을 발표하며 등단. 시집으로 『숨쉬는 무덤』(2003), 『거인』(2005).

내가 왜 묘지를 출발지로 생각해야 하는지

내가 왜 무덤 앞에서 신발끈을 조여매야 하는지

— 김언, 「묘비명—Epitaph, King Crimson, 1969」에서

1. 시인 — 학자

나는 김언 시인을 이 글을 쓰는 시점으로부터 두 달 전쯤에(그러니까 2007년 2월 어느 날) 만났다. 방학 중에 원고를 미리 써두자는 작정을 했던 건데, 우리의 대화는 녹음기 속에서 두 달간 웅크리고서 계절이 바뀌는 줄도 모른 채 늦은 겨울잠을 자버렸다. 정말 우리의 말들은 뒤척임도 없이 잠꼬대도 없이 얌전히 자고 있었을까. 이제 똑같은 얼굴로 깨어나 누구의 시계를 거꾸로 돌리는가.

똑같은 얼굴이라고? 똑같은 말이라고? 그럴 리가. 나는 계속해서 말을 섞고 있었고 김언의 말도 불규칙적인 운동을 계속했다. 말의 꼬리가 마음에서 허공에서 피어오르고 흩어지고 엮이는 그 운동의 모양과 속도를 녹음기나 액자 따위에 박제해둘 순 없는 법. 두 달 전에 원고를 썼다면 그 글은 아직 어떻게 씌어질지 모르는 이 글의 꼴과는 어쨌든 달랐을 것이다. 무엇인가 희미해지고 흩어졌으며 무엇인가 엉키고 복잡해졌다. 가령, 김언은 여기다 이런 말을 보태는 것이다.

"가장 빨리 사라지는 것 같지만 가장 오래 남는 것이 소리(음악)예요. 소리는 흩어지고 날아가버리는 것 같지만, 그것이 퍼져올라가 어떻게 움직이고 엉키는지를 알 수 없을 뿐이죠. 가령, 오늘 우리가 나눴던 대화는 상공에 올라가서 계속 엉키고 있고 흩어졌다가 또 만날 수도 있는 것이죠."

그것은 물리적인 공간에서 일어나는 자연의 신비일 뿐 아니라 우리들의 마음에서 일어나는 신비한 현상이기도 하다. 말하자면, 그렇게 물리학과 심리학이 겹쳐진다.

대학시절에 그는 칠판 가득 펼쳐지곤 하던 숫자와 수식에 울렁증을 느끼는 공학도였다는데, 필수과목이었던 물리학을 네 번에 걸쳐 수강한 끝에 학점을(D-F-F-A^^) 획득(!)한 이력을 갖고 있다. 결강과 포강으로 이어지던 문제의 물리학 과목. 그 네 번째 강의실에서야 그는 수식이 아니라 원리를 사유하는 매력적인 형식의 하나를 만날 수 있었다고 한다. '눈에 보이지 않는 세계'의 원리를 더듬고 상상하는 지점에서 물리학은 시와 뜻밖의 조우를 했던 것이다. 그런 김언에게서 이따금 튀어나오는 소위 과학적인 용어는 시적인 반짝임을 가지고 있었다.

"나는 시인이나 예술가보다는 굳이 말하자면 학자 타입(체질)이지 싶어요. 저 혼자 방에 틀어박혀 세계와 언어에 관한 모델을 세우고 허물고 또 곰곰 궁리하면서 노는 걸 좋아해요."

골방의 몽상가이면서 연구자. 몽상의 과학. 나는 그가 낸 두 권의 시집, 『숨쉬는 무덤』과 『거인』을 뒤적거린다. 특이하게도 그는 시집에 각각 두 편의 산문을 붙여놓았다. 한 산문(「불가능한 동격」)의 끝에는 추신처럼 이런 문장이 씌어지기도 한다. "불과 2년 전의 생각이지만 수정될 부분이 많다." 2년 전과 다른 생각, 2개월 전, 2일 전, 두 시간 전과 다른 생각에 열려 있다는 것이야말로 그의 실험실의 핵심적인 동력이 아닐까. 일관성의 상실을 두려워하지 않을 것, 언젠가 나는 거울 속에 떠오른 이상한 표정을 보면서 중얼거린 적이 있었을 것이다.

세계와 존재의 원리, 언어의 원리를 탐구하는 김언이 '원리'라는 말을 쓰면서 조심스러워했던 것("원리라는 말이 오해될 수도 있고 거슬릴 수도 있는데……")은, 그것이 이를테면 2년 전과 2년 후가 '같다'는 것을 통해 증명되고 강화되는 형식에 갇혀 있는 게 아니라는 거였을 터. 그에게 시는 종결되지 않는 모색의 과정 자체에서 나온다. 결과나 완성은 시의 것이 아니다.

시는 분명한 희망봉을 저 먼 곳에도, 꿈속에도 세워두지 않는다. 물리학자들이 꿈꾸는 통일장이론(양자역학의 불확정성의 원리와 일반상대성 이론을 매끄럽게 통합하는, 너무 작아서 보이지 않는 소립자의 세계로부터 너무나 엄청난 스케일을 가졌기에 보이지 않는 우주에 이르는 그 모든 영역과 차원에 걸쳐 적용되는 이론) 같은 것은 시가 꿈꾸는 것이 못 된다. 시는 만약 통일장이론 같은 것이 있다면(우리는 세속화된 통일장이론 속에 살고 있다고 말해도 되겠다. 가령 촘촘히 작용하는 자본의 논리 같은 것 말이다. 혹은 관습의 호명 같은 것), 기꺼이 그 균열에서 살아갈 것이다. 시에서, 예술의 역사에서 중요한 것은 해체와 구성의 또 한 번의 시도이며 관점과 차원의 이동이라는 사태를 불러일으키는 것이다. 시인 김언이 물리학적인 가설과 모델들을 사고실험에 활용한다면 이러한 미적 사태와 소동의 내부에서다.

"물려받은 시는 물려줄 수 있는 시가 아니죠. 물려받은 시를 물려주는 것을 전통이라고 생각하기 쉽지만, 물려받은 시는 물려줄 수 있는 시가 될 수 없어요. 다르게 말해야 하는 거예요."

'다르게 말하기'는 김언 식으로 정리하면, 두 가지 방식으로 발현된다. 충격의 경험과 원리의 발명.

"충격이냐, 원리냐. 그건 고흐가 될 거냐, 세잔이 될 것이냐의 문제라고도 할 수 있겠죠. 말하는 매력을 보여주는 시가 있는가 하면, 앞으로 말하게 될 원리를 얘기해주는 시도 있는 거죠. 나는 처음부터 세잔 쪽의 방식에 이끌렸던 것 같아요. 고흐의 충격은, 이를테면 기형도나 랭보 같은 이들의 시가 가진 폭발력이나 파장은 첫 시집을 낼 때 증명이 되는 법이죠. 경매가가 높은 건 고흐지만, 화가에게 원리란 매우 중요한 문제예요. 모든 오브제는 구형, 원통형, 원추형으로 집약된다고 했던 세잔은 입체파 회화를, 현대회화의 새로운 길을 열어젖혔죠. 원리를 탐구하고 연구하는 예술가의 길을 선택하게 되는 건 수명이 늘어나는데(웃음) 계속 쓰기 위해서는 어쩔 수 없는 측면도 있어요. 계속 폭발할 수 있는 건 아니잖아요."

아래에 인용하는 시는, 김언이 어느 날 적어보았던 연구과제 목록이랄 수도 있겠다. 이 시의 제목은 「시집」.

작곡하듯이 쓸 것.
3차원의 문제도 4차원의 문제도 아닐 것.
처음과 끝이 반드시 맞아떨어지는 지점이 존재하지 않을 것.
끝까지 듣게 할 것.
시간이 아닐 것.
어떻게 잡아챌 것인가. 그 종이의 다른 차원을.
그 노래를 처음 들어본 사람처럼 음악을 대할 것.
소리나는 대로 작곡하는 버릇을 버릴 것.
어느 좌표에도 찍히지 않는 점이 불가능할 것.
반드시 찍힌다는 신념을 의심하지 말 것.
차원의 문제는 신념의 문제에서 비롯될 것.
그 새벽의 전혀 다른 도시를 보여줄 것.
어느 공간에서도 외롭지 않을 문장일 것.
어느 시간대를 횡단하더라도 비명은 아닐 것.
고함도 아닐 것. 그것은 확실히 음악일 것.

작곡하듯이 되풀이할 것.

음표를 지울 것.

그리고 쓸 것.

그것의 일부를 묶어 모조리 실패할 것.

한 푼의 세금도 생각하지 말 것.

오로지 쓸 것.

한 명의 과학자를 움직일 것.

백 명의 민중을 포기할 것.

그 이상도 가능할 것.

다른 문장일 것.

여기다 이렇게 옮겨놓고 보니, 우리가 나눴던 대화와 교차하는 지점들이 반짝거리는 것 같다. 그의 시를 빌려 말하면, "처음과 끝이 반드시 맞아떨어지는 지점이 존재하지 않"으나 그 만나고 비껴가는 장면들을 재구성하는 방식으로 이 인터뷰를 써나가도 괜찮겠다는 생각이 든다.

다음 장면으로 넘어가기 전에, 나는 "어느 좌표에도 찍히지 않는 점이 불가능할 것. 반드시 찍힌다는 신념을 의심하지 말 것. 차원의 문제는 신념의 문제에서 비롯될 것"이라는 진술을 곱씹어본다.

서로 다른 방식으로 예술가들은 어느 좌표에도 찍히지 않는 점을 찍는 것을 미학적 목표로 삼는다고 할 수 있다. 달리 얘기하면, 말할 수 없는 것을 말하고자 한다. 김언 또한 그렇다고 할 수 있지만, 여기서 그는 이 미학적 꿈을 조금 다르게 조금 더 미묘하게 말하고 있다. 그는 어느 좌표에도 찍히지 않는 점의 그 불가능성을 미학적 결여가 아니라 미적 상태이자 지향의 자리에 놓는다. 불가능할 것(!), 이라고 그는 주장하고 있는 것이다. 그럼에도 불구하고, 반드시 찍힌다는 신념을 의심하지 말 것(!). 이 신념은 점을 찍는 데 바쳐지는 것이 아니라, 단지 쓰기를, 실험을 계속하기 위한 것이며("그리고 쓸 것.") 불가능성을 미적으로 말하기 위한 것이다.

'모조리 실패'함으로써, 실패와 다른 실패와 또 다른 실패의 연쇄 속에서 한 개의 별(점)이 아니라 이상한 별자리(좌표) 자체가 흐릿하게 떠오를지도 모른다.

2. 그것은 확실히 음악일 것

"어느 시간대를 횡단하더라도 비명은 아닐 것. 고함도 아닐 것. 그것은 확실히 음악일 것. 작곡하듯이 되풀이할 것. 음표를 지울 것. 그리고 쓸 것." 그렇게 김언은 쓰고 있다.

'작곡하듯이 되풀이할 것.'이라는 언명에서 (그와의 대화 속에서 세잔이라는 이름이 호명되었으므로) 나는 그 당시 사람들이 세잔의 '자살행위'라고 부르기도 했던, 같은 그림을 열 번 백 번 되풀이하여 또 그리기의 작업을 떠올려본다. '음표를 지울 것'에서는 무규정적인 세계에 대한 지향 같은 것이 읽히기도 한다. 말하자면, 결정적인(결정된) 음을 거부하는 태도 같은 것 말이다. 어쨌든, "그 노래를 처음 들어본 사람처럼 음악을 대할 것."

나는 그에게 이런 질문을 던져보았다. "특별히 어떤 감각에 매혹을 많이 느끼는지?"

김언의 말을 들어보자. "말하자면, 청각. 근본적인 차원에서 음악에 끌려요. 문학이 유일하게 열등감을 느끼는 게 음악이지 싶어요. 시는 위로를 안 해줘요. 그림도 사람을 위로해주진 못하죠. 음악은 사람을 위로하고, 그걸 넘어 치료까지 해주죠. 노래는 나라를 바꿀 수 있지만, 그림은 나라를 못 바꿔요. 심장의 진동이라는 차원에서 말하면, 그건 미적 형상 이전에 몸에서, 생명 그 자체에서 발원하는 거예요. 그리고 태초에 있었던 빛, 그 빛이라는 게 또한 진동이거든요. 우주의 기원을 상상할 때 거기서도 원초적인 음악이 흘러요. 빅뱅 이후 우주가 퍼져나간 원리를 가장 멋지게 설명해주는 게 진동원리, 끈이론이랄 수 있죠. 그래서 인간은 원초적으로 음악에 끌리는 게 아닐까. 시가 음악이 된다면 최고겠죠."

거대한 우주 교향곡. 그 교향곡에 참여하고 있는 초미시적인 소립자의 서로 다른 특질을 음색의 차이로 설명해주는 게 끈이론string theory(더 이상 분해될 수 없는 물질의 최소단위로 여겨졌던 입자들이 점이나 구의 형태가 아니라 미세한 고리의 모양을 하고 있다는 것. 고무줄처럼 진동하고 춤추는 입자들). 김언의 이야기를 쫓아가다보니, 문득 허공虛空은 없다는 생각이 든다. 내게 음악은 사라지는 것, 그렇게 자유로운 영혼에 붙이는 이름이 되어주곤 했는데. 허공에서 나는 무언가를 만졌을지도 모르겠다. 무엇을?

내가 김언에게 했던 질문, 즉 어떤 감각에 특별히 끌리느냐는 질문은 나도 언젠가 받은 적이 있는 것이었다. 또 김언이 내게 되돌린 질문이기도 하다. 나의 경우에는 굳이 말하자면, 촉각. 촉각은 거리가 없는 감각이랄 수 있다. 이미지를 시각적인 차원에서 존립케 하는 최소한의 거리마저 사라졌을 때, 형태는 뭉개지고 일그러진다. 더 이상 대상이라고 할 수 없게 너도 변하고, 더 이상 주어라고 할 수 없게 나도 변한다. 윤곽을 잃지만, 그 감각은 분명하고 확실하다. 그 감각적 존재감을 "어떻게 잡아챌 것인가." 김언의 시구절을 빌려 이렇게 물을 수도 있겠다.

김언은 나의 중언부언에다 이렇게 덧붙였다. "생물학적으로 보면, 촉각이 가장 기원적이랄 수 있죠. 원시동물을 보면 알 수 있어요. 눈이 먼저 생기지도 않았고 귀가 먼저 생긴 것도 아니었어요. 입이 가장 먼저 출현했죠."

아, 그러고 보니, 김언 시에 출현하는 많은 '입'들이 떠오른다. 그에게 입은 소리가 나오는 곳이라는 점에서 우선 관심의 대상이 되었을 것이다. 그 입은 소리의 출구이면서 또한 무엇보다도 촉각적인 감각기관이기도 한 것이다. 그는 얼마 전에 가진 다른 인터뷰 자리에서 그의 시에 자주 튀어나오는 "구름 덩어리 같은 몸을 사유하는 실험실 혹은 창고로서의 입"에 대해 언급한 바 있기도 하다. 그의 두 번째 시집 『거인』을 열면, 그 앞자리에서 만나게 되는 「키스」, 「키스 2」, 「폭발」, 「거품인간」 같은 시들은 '실험실-입'의 다양한 미적 사례들이라 할 수 있다. 여기서는 다만, 최근에 한 잡지에서(『현대시』, 2007. 3) 읽은 그의 시 한 편에서 그 일부를 발췌하여 붙여두기로 한다.

기억은 새어나온다; 음악은 흩어진다
말을 하는 순간 말이 사라져버리는 이 도시에서
지상의 언어를 받아 적는 자는 행복하다
지하의 언어를 받아 적는 자는 행복하다
그 말은 어디에도 없으니 그 말의 출처는
녹음실에 있지 않으며 혀끝에서도 묻어나지 않으니
달아나고 있다; 누군가의 귀와 너무나도 넓은
이 대기의 귓속으로 흘러가며 불러가며
한 사람의 입이 말하고 있다 거의 모든 도시에서

—「그 곡은 딱 한 번 연주되었다」 끝부분

3. 다른 문장일 것

그 문장이 그 사람을 말한다, 말해준다는 사실.

한동안 탐색했던 불구의 문장들. 주어가 하나 더 있거나 술어가 엉뚱하게 달려 있거나 앞뒤가 안 맞는 문장들. 팔다리가 하나 더 있거나 머리가 둘이거나 아무튼 정상과는 거리가 먼 문장들.

사람으로 치면 장애인과 다름없는 이 문장들에서 연민을 느끼고 장애인이 사람이라면 이 문장들도 엄연히 하나의 문장이라는 생각. 비문에서 문장을 발견한다는 것. 장애인에게서 인간을 발견한다는 것. 다르지 않다고 생각한다. 하물며 다른 문장들이야 오죽할까.

—「詩도아닌것들이-문장 생각」 부분

「문장 생각」은 김언의 두 번째 시집 끝에 실려 있는 산문이다. 김언의 비문론은 흥미롭고 김언의 비문은 매력적이다.

나는 정확한 문장을 쓰려고 하는 편인데, 어, 김언은 내게서도 인상적인 비문들을 보았다고 주장하면서 내 시집에서 몇몇 구절들을 열거하기 시작한다. 나는 그게 왜 비문이냐고 짐짓 진지해져서 묻다가, 이내 그를 따라 같이 웃을 수밖에 없었다. 정상人과 비정상人의 경계가 그러하듯, 정상文과 비정상文의 경계도 애매하고 흔들리는 것이니 말이다. 경계를 논하는 것 자체가 우스꽝스러울 때가 있는 것이다. 문법적으로 비문이래도, 그것은 그 나름의 존재론적인 이유가 있다. 다시 말해, 김언이 짚어준 비문들을 나는 소위 정상 문장으로 고쳐 놓을 의사가 없는 것이다.

김언이 '장애인에게서 인간을 발견한다'고 했을 때, 그것은 장애인'도' 인간이라는 의미가 아니라 장애 '때문에' 인간이 보이는 지점을 가리킨다. 문장에 대해서 그는 바로 그렇게 말하고 있는 것이다. '시적 허용'이라는 시 장르가 가진 관습의 틈새를 실험의 수준에서 자의식적으로 들쑤시고 횡단하면서 그는 관습적 허용을 초과하여 시적 언어의 실험적인 풍경을 우리에게 보여준다.

"국문과 공부를 계속했으면 국어학 쪽으로 나갔을 것 같아요. 편입한 국문과에서 재미를 붙인 게 국어학 계열의 과목들이었어요. 어떤 수업시간에, 틀린 문장에 엑스(X), 어색한 문장에 물음표(?)를 붙여놓은 예문들을 보면서 그 이유를 따지고들 있었는데, 나는 엉뚱하게도 엑스와 물음표가 달린 예문들 중에서 엄청난 문장들을 보게 됐죠. 예를 들자면 이런 거예요. "김영삼 대통령이 이끄는 새로운 문민정부의 탄생을 진심으로 축하합니다만, 난 기쁘지 않아요." 문법적으론 하자가 없지만 호응이 안 되니까 어색한 문장으로 분류됐죠. 그렇지만 누군가의 심정을 이 문장만큼 잘 짚어내긴 힘들지 않겠어요. 소위 정상적인 문장으로는 여러 개의 문장이 필요하거나 부가 설명이 필요한데, 이 한 문장은 바로 표현해요.

황지우가 '모든 착란이 선적인 것은 아니지만 어떤 착란은 선적인 게 있다'고 산문에 썼던 것 같은데, '모든 비문이 시적인 것은 아니지만 어떤 비문은 시적인 데가 있다'고 바꿔 말해도 되지 않을까. 비문의 경계는 그때그때 달라지겠죠. 비문에 한참 골몰했던 건, 어쨌든 재밌었기 때문이기도 해요. 뭐든 재밌어야 하게 되는 거니까. 그치만 단순히 장난치자고 하는 건 아닌데, 그렇게 오해를 많이 받았어요."

그런 오해에 '재미'라는 말도 둘러싸여 있을 것이다. 나는 '재미'라는 말, 그 말도 작금의 문학판에서 일종의 문체반정의 소용돌이 속에 있는 게 아닐까, 그런 물음표를 덧붙였다. 그리고 시 한 편을 붙여두기로 한다. 비문에 대한 김언의 자의식이 유난히 두드러지는 시는 아니지만, 내가 그의 시 중에서 특별히 좋아했던 것이기도 하고, 또 비문의 매력이 미묘하게 녹아 있는 시이기도 하다. 제목은 「유령-되기」.

그 사이 나는 아프고 늙지는 않았어요
그날의 햇살과 눈부신 의심 속에서

내가 유령인 것은 중요하지 않아요
내가 어느 시대를 살고 있느냐, 그게 문제겠지요

그렇다면 얼굴이 생길 때도 되었는데
얼굴 다음에 표정이 사라집니다
윤곽이 사라진 다음에 드디어 몸이 나타났어요
내 몸이 없을 때 더없이 즐거운 사람

그 얼굴이 깊은 밤의 명령을 내린다면
누군가는 '아프다'고 명령할 겁니다
그날의 태양과 눈부신 의심 속에서

감정의 동료들은 여전히 집이 되기를 거부하지요

돌, 나무, 사람들의 데모 행렬엔 한 사람쯤
흘러다니는 내가 있어요

허공과 바닥을 섞어가며
흙발과 진흙발을 번갈아가며
공기가 움직일 때 나도 따라 걷는 사람

그가 유령인 것은 중요하지 않아요
다만 어느 시대를 살고 있느냐가 문제겠지요
나는 중요하지 않아요

4. 인간과 자연

"단도직입적으로 물을게요. '거인'이 뭐예요?" 지구? 지구의 역사? 나는 시집 『거인』의 표제작이 된 「거인」이란 시를 가리키며 물었다. 대체로 이런 식의 질문은 시에 얼마간 폭력적이지만, 그럼에도 불구하고 나는 그 방식을 취했다.

조그만 공이라고 생각했는지 모른다. 지구 밖으로 튀어나와
이게 내 손이라고 자기 얼굴을 가리던 그 손으로 가장 높은 산맥

과 봉우리까지 움켜쥐던 사람, 그 사람의 이름을 편의상 거인이라고 부르자. 움켜쥐던 그 손에서 즙액 같은 바닷물이 쏟아진 것은 그로부터 한참을 지나 한 사람의 손이 태양을 가리고도 남을 만큼 더 커졌을 때였다.

사람들은 이때부터 기록을 시작한다. 손톱에 낀 푸른나무 숲을 긁어내고 산맥보다는 가늘고 하천보다는 진한 글씨로 푸른나무 사라진 그 숲을 〈때〉라고 기록한다. 사라져도 파고드는 오랜 식구 같은 짐승들의 이름을 자잘하게는 〈균〉이라고 기록한다. 개중엔 낯익은 이름도 섞여 있다. 부를 때마다 달라지는 이름, 이를테면 사람.

—「거인」 부분

"음. 인간전체, 그렇게 말할 수 있을 것 같아요. 어째 다소 알레고리적이군요. 이 시는 우연히 한 앨범 자켓에서 튀어나왔어요. 이런 그림이었죠. 지구 옆에 사람이 하나 서 있는데, 특이하게도 사람은 그려놓지 않고 그 부분을 오려놓았어요. 이목구비도 없고, 마치 여집합처럼 사람 하나만 서 있는 거예요. 그걸 보니까 말이 떠올라서 줄줄 쓰게 되었죠. 대상자체가 '비워놓은 인간'이었기 때문에, 그다지 많이 열려있는 시가 된 것 같진 같네요.

내가 많이 하는 고민 중의 하나는 '인간은 자연인가', 하는 거예요. 이 질문이 빠진 채, 자연을 다시 살려야 한다, 는 뭐 그런 지당한 듯한 주장은 공허하다는 생각이 들어요. 이 질문에 어떻게 대답하느냐에 따라 굉장히 다른 태도가 나오겠죠. 인간은 자연이긴 한데, 좀 다른 자연. 이 시의 거인은 인간과 자연 사이에서 튀어나온 것 같아요. 문명과 자연의 접점에서 재밌는 게 꽤 많이 나올 수 있을 것 같아요. 앞으로 더 해보고 싶은 작업이에요. 입술과 자연의 접촉력, 바위와 상처의 타협점, ……"

김언의 첫 번째 시집 『숨쉬는 무덤』에 붙여진 산문 중 하나, 「불가능한 동격」이란 산문에서 그는 단호한 어조로 이렇게 말한 바 있다.

> 인간의 손길이 닿는 순간 모든 것이 다 죽는다. 인간적인 것은 모두 인위적이다. 자연이 될 수 없다. 자연과 더불어 살았다고 착각하는 원시공동체 사회도 마찬가지다. 인간의 냄새가 나는 그 순간부터 모든 것은 인위적이다. '스스로 그러함'을 자연이라 한다면, 적어도 '스스로 그러하게 놔두는 것'을 자연이라 한다면 인간은 태생적으로 스스로 그러하게 놔두지를 못한다. 어떤 식으로든 바꾸려고 한다. 그 잘난 인류의 소산인 예술도 마찬가지다. 사물을 있는 그대로 놔두는 것은 이미 예술이 아니다. 어떤 식으로든 내 속으로 끌어와 어떤 식으로든 바꾼다. 그러면서 사물은 죽는다. 이 태어남을 너무나 황홀하게 여기는 인간들이 바로 예술가들이다. 그러나 어떤 예술가도 태어남 그 이전의 사물의 죽음을 안타깝게 여긴 적이 없다. 물론 양해를 구한 적도 없다.

김언의 이런 말 옆에다 근대에 들어 풍경화가 범람하는 사태를 두고 폴 발레리가 했다는 말(고진이 근대문학에서 일어난 '풍경의 발견'이라는 기원적인 사건을 재구성하면서 인용하는 것이기도 하다)을 붙여놓을 수도 있겠다. "우리의 눈은 나무나 들판에 대해 생물만큼 민감하지 않기 때문에 화가는 비교적 마음대로 그릴 수 있었고, 그 결과 회화에서 그렇게 제멋대로 독단을 발휘하는 일이 당연하게 되었다. 화가가 나뭇가지를 그리는 것처럼 아무렇게나 인간의 팔이나 다리를 그렸다면 우리는 놀랄 것임에 틀림없다. …… 문학에서 묘사란 것이 행한 침략은 그림에서 풍경화의 침략과 거의 동시에 일어나 같은 방향을 취하고 같은 결과를 초래했다."

그러므로 김언의 주장. "필연적으로 죽음을 강요하는 자기 글쓰기의 내부"를 들여다보아야 한다는 것, 그것은 김언의 시쓰기가 어쩔 수 없이 시쓰기 자체를 가리키게 되는, 자기지시적인 성격을 띠게 되는 이유의 일단일 것이다.

이 산문이 씌어진 지 2년 후, 그는 "시인은 벌레 한 마리도 죽인 적이 없다. 그가 죽이고 살린 것은 단지 언어이다. 사물이 아니라 사물이라는 언어다. 그래서 더 무섭다"고 썼다. 그리고 그는 인간과 자연의 사이, 문명과 자연의 접점, 그 불가능한 동격同格, 그 안에서 일어나는 '사건'(같은 산문에서 그는 자신의 시쓰기의 방향 한 가닥을 예고한 바 있다. "그들을 사물로 보는 경우보다는 그들과 부대끼며 일어나는 사건에 더 주목하게 될 것이다.")에서 시적인 죽음들과 대결하며 시를 발견해나가고자 한다.

다시 처음으로 돌아가면, 나는 그에게 '거인'이 뭐냐고 물었다. 이제 그는 내게 '한 사람'은 뭐냐고 묻는다. 주고받는 셈인데, 그의 질문 또한 단도직입적이다. 나는 「한 사람」이란 제목 하에 띄엄띄엄 몇 편의 시를 써서 발표해왔다. 어쨌든 이번엔 내가 대답해야 할 차례인 모양이다. 아, 이 막연함이란!

"인간적인 차원의 부피랄 수 없는 거대함에 대한 막연한 상이 있어요. 덩어리 같은 것. 정말이지 막연하여 뭐라 설명해야 할지 모르겠는데. 음, 개체라고 말하기 힘든, 윤곽을 잡을 수 없는 그런 주체라고나 할까. 그런 주체는 차라리 타자들의 집합소 같기도 하죠. 「한 사람」 연작은 말하자면 그런 느낌 속에서 나왔어요. 시에서 '우리들'이라고 호명할 때도 그런 느낌 속에서 쓰는 경우가 많아요. 내 속의 다른 나'들'을 발견하면 할수록 너와 닮는 느낌이 있어요. 너와 내가 같아서가 아니라, 내 안에 너무 많은 것들이 들어있고 또 네 안에도 너무 많은 것들이 들어있어서, 그래서 같아지는 느낌인 거죠. 그렇게 우리는 분별이 흐릿해지면서 덩어리가 되는 거죠. 너이기도 하고 나이기도 한, 그런 한 사람. 그 속에서 내가 커지는 느낌, 어쩐지 두렵고 어쩐지 훨씬 자유로워지는 느낌."

이렇게 말끝을 흐리고 있는데, 김언이 다시 묻는다. "한 사람의 경계가 어디까지에요?" 나는 뭐라고 했던가. "모호해." 이렇게 한마디 툭. 그는 무슨 말을 하려는 걸까. 이제 김언이 이야기를 이어간다.

"모호하면서, 또 고민고민 끝에 대답을 얻으면 뻔하다는 생각도 들어요. 그래서 모델을 바꿔보게 되죠. 이를테면, 분자단위로. 김행숙과 김언을 가르는 경계는 분자단위로 들어가면 굉장히 모호해져요. 우리는 왜 벽을 통과할 수 없는가. 저것도 분자구조고 나도 분자구조인데 말이에요. 쉽게 말하면 그건 밀도의 차이겠죠. 우리 둘, 둘은 각각 개별적인 사람인데, 분자의 수준에서 말하면 우리 둘 '사이'의 공기의 입자는 아주 듬성듬성하달 수 있겠고 '나'와 '너'는 엄청 조밀한 거죠. 자, 어디까지가 나이고 너인가. 나와 네가 아무리 접촉을 한대도 둘을 나누는 엉성한 공간은 생겨요.

다시 모델을 바꿔보죠. A, B, C가 있고, 그 A, B, C를 연결하는 선을 이렇게 그려보는 거예요. 이 선은 말하자면 관계인데, 관계를 실체로 놓고 생각해보는 거예요. 사건을 고정항으로 놓고 사람을 바꿔 출현시키는 거죠. 그렇게 생각해야 한다는 것이 아니라, 그렇게 생각하면 다르게 볼 수 있다는 점이 중요한 거겠죠."

재밌네. 나는 인터뷰가 끝난 후 시집에서 읽지 못했던 최근의 발표작들을 얻어서 한꺼번에 읽어보았다. 그와 얘기를 나눈 뒤라 아마도 더 눈에 띄었을 「사건들」(『현대시학』, 2006.2)이라는 시에서 몇몇 구절. "이 소설의 등장인물이 그들의 주요서식지다. 사건과 사건을 연결하는 등장인물은 모호하고 그만큼 일처리가 늦다. 기다리는 것은 사건이다." "나의 인물 됨됨이도 그들에게는 여전히 빈 공간으로 남아 있다." "하나의 사건을 위해서 우리들이 모였다." "자신의 몸이 공간이라고 생각하는 사람은 이제 책을 덮고 한 권의 소설이 될 것이다."

이제, '자신의 몸이 공간이라고 생각하는 사람'에게서 들은 얘기도 조금 풀어놓아야겠다.

5. 어느 공간에서도 외롭지 않을 문장일 것

우리는 문제를 열고
대화에 푹 빠진다
사랑에도 빠지고
우울증에서 벗어난다

어디라도 좋다 각자의 입장에서
우리들의 의견은 모인다
반경 1km 이내로
거기 있다고 생각되는
당신의 상상은
깊이 깊이 다른 건물을 쌓아올린다

사이좋게 평행선을 만든다
우리 관계는
어디에도 도달하지 못하고
서로의 인력에 끌린다

지하 깊은 곳에서

비밀이 고갈되는 순간
당신과 가장 가까운
사람의 손가락은 누구를 지칭하는가

폭넓은 의견과 차이를 교환한다
당신의 말은 여기까지
내가 생각하는 건물의 높이는
저기까지

수위를 조절해가며
푹 빠진다

—「테이블」 전문(『한국문학』, 2006. 가을)

"'당신에게 얘기한다'를 '당신 있는 곳에 얘기한다'로 말할 수 있겠죠. '우리는 사랑에 빠진다', 이건 공간 이야기에요. '우울증에서 벗어난다.' '수위를 조절해가면서.' 이런 문장도 마찬가지죠. '아내'라는 호칭도 그렇죠. 고대부터, 말이 활용되는 순간부터 우리는 자기 생각을 표현할 때 항상 공간에 기대왔던 거예요. 그걸 의식하니까, 이상하게 낯설어요. 당연하게 쓰는 말인데, 그걸 생각하고 쓰니까 시처럼 보여요.

이건 아직 시적으로 한번도 성공해보지 못했는데, 비어 있는 공간, 공간이 없는 공간, 장소가 없는 장소, 비어 있는 장소로서의 장소를 생각해볼 수 있을 것 같아요. 주체의 문제로 차원을 바꿔, 비어 있는 주어, 주어가 없는 주어를 쓸 수 있지 않을까, 하는 생각을 해보고 있어요. 이건 너무 막연해서 시에서 구체적으로 어떻게 될지는 감이 잘 잡히지 않지만 말이에요."

그가 '비어 있는 장소로서의 장소'를 말하고 '비어 있는 주어로서의 주어'를 말하니까, 나는 그의 시집에서 읽은 「아무도 없는 곳에서」라는 시가 떠올랐다. 이를테면 이런 구절,

> 아무도 없는 곳에서 기차가 출발한다
> 아무도 없는 곳에서 사람이 태어나고
> 아무도 없는 곳에서 전쟁은 시작한다

내가 그에게 이 시를 상기시키자, 그는 별로 마음에 차지 않는 시라고 시큰둥해했다. 어쨌든, '공백의 주어'라는 자리는 어쩌면 메우려고 해도 메워지지 않는 나의 '남는 곳'이랄 수 있지 않을까. 언제나 남는 부분이 있다. 그 공허는 주어의 자리에 은폐되어 있거나 그 주변을 안개처럼 휘감고 있다. 때때로 그 '공백'이 나를 덮치고 삼키지 않는가. 그 '빈 장소'가 뭐라고 외치지 않는가. 아무도 없는 곳에서, 블랙홀 같은 저 깜깜한 입이.

6. 끝맺음에 대하여

종종 한 편의 시를 쓰면서도 끝맺는 것에 곤혹스러움을 느낀다. 이건 타협이 아닌가, 그런 의심이 드는 것이다. 끝맺음을 잘 한다는 건 뭘까. 나는 앞이 터져 있는 처음과 뒤가 열려 있는 끝, 중간과 같은 끝에 대해 생각해보고 있다. 김언의 말을 들어볼까.

"나도 요즘 끝을 잘 못 맺겠어요. 열 편을 쓰면 일고여덟 편이 끝에서 걸려요. 말하자면 자기도취 안에서 끝을 맺는 건데, 끝을 못 맺는 건 변하고 있다는 게 아닐까, 그렇게 생각하면 꼭 나쁜 것만도 아니지 싶어요. 어쨌든 미학적으로 혹은 자의식의 면에서도 안개 상태에 있기 때문일 거예요. 미적으로 좋은 상태는 아니지만, 좋은 증상일 순 있겠죠."

인터뷰를 끝내는 자리에서도 나는 종종 곤혹스럽다. 이쯤에서, 나는 그런 식으로 인터뷰를 접곤 했다. 매끄럽지 않게, 툭, 끊어지는 느낌. 오늘도 역시나 그렇다. 어쩌면 그것은 서둘러 끝맺는 것이 아니라 끝을 지우고 미루는 나의 서툰 방식일지도 모른다. 내가 만난 시인들에게 고마웠다는 말을 늘상 빼먹었지만, 당신들이 내게 던진 질문들을 나는 하릴없이 길을 걷다가도 문득 떠올리는 것이다. 아마도 또 그럴 것이다. 고맙다.^^

(2007년 봄)

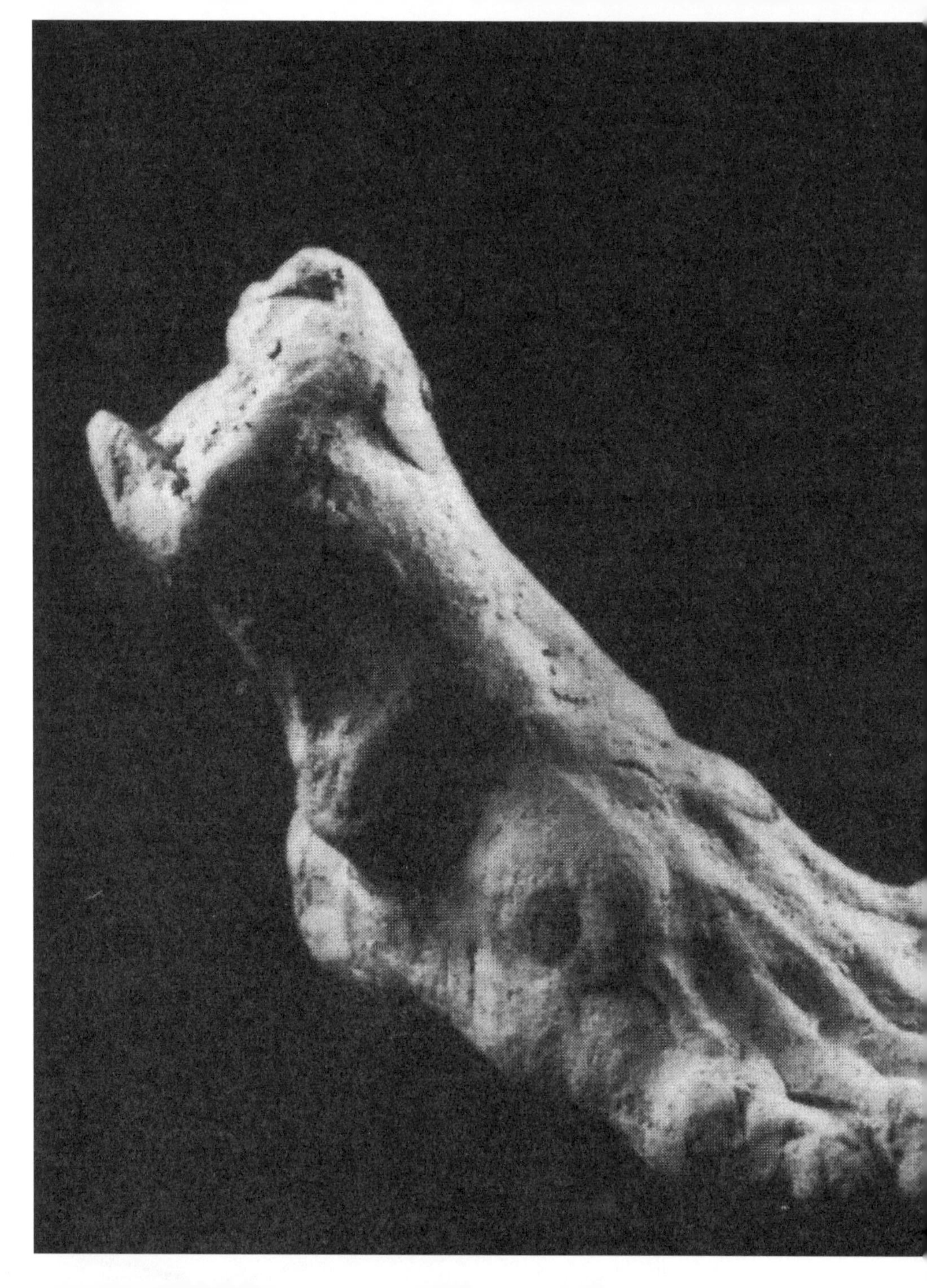

에필로그

발 에 대 하 여

로댕이 발견한 '발', 그리고 이 '발'에 대한 릴케의 문장. "(단테의 『신곡』에서) 니콜라스 3세의 발이 울었다는 대목을 읽었을 때 로댕은 벌써 알았던 것이다. 우는 발이 있다는 것을, 완전한 한 인간을 넘어서 울음은 어디에나 있다는 것을, 모든 땀구멍에서 솟아나는 엄청난 눈물이 있다는 것을."(라이너 마리아 릴케, 『릴케의 로댕』, 안상원 옮김, 미술문화, 1998.)

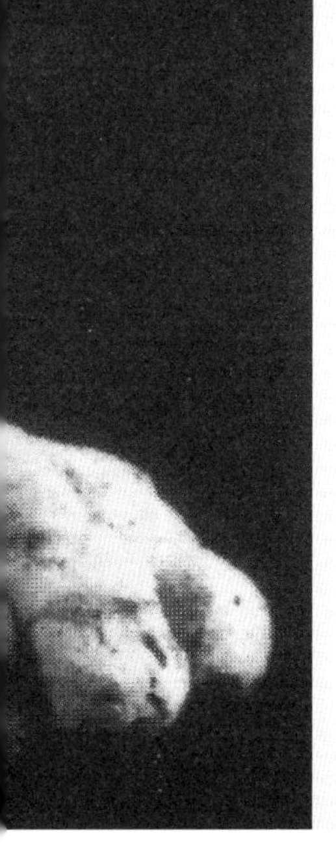

단지 걷기 위해 밖으로 나왔다. 걷는 행위를 통해서 도착해야할 약속장소 같은 것도 없이, 혹은 약속장소 이전에, '걷는다'는 것은 무엇일까. 바깥 공기, 바람, 햇빛, 소음, 가로수, 다양한 얼굴들, 그러나 결코 기억나지 않을 스쳐가는 얼굴들, 움직이는 덩어리들, 상점들과 자동차, 어디선가 불쑥 튀어나오는 아이와 아이보다 먼저 굴러가는 공, 공이 멈춘 건너편과 신호등, 빌딩의 유리창, 기타 등등에 노출되며, 나는 길이 아니라 바닥을 왼발 오른발 번갈아 디디며 걷는다. 왼발, 왼발로만 걸을 수는 없을까, 문득 그런 우스운 생각이 떠오르기도 한다.

도시의 길은 기하학적 질서와 체계를 품고 있겠지만, 바닥은 형상이 없다. 길을 지도로 옮기는 것은 인공위성의 사심 없는 시선이겠지만, 바닥과 관계하는 것은 신발들이며 신발들에게 '먼' 거리라는 것은 없다. 어느 날은 신발이 아주 얇아지기도 한다. 바닥으로부터 솟구친 저 건물은 길의 지형도 안에서라면 숫자로 표시되는 버젓한 주소가 부여되어 있을 테지만, 바닥을 걷는 이에게 저 건물은 우연한 돌출이며 처음 보는 사람, 낯선 타인과 같은 것이다. 길은 다시 찾아가볼 수 있는 추억의 장소를 가리키지만, 바닥은 추억의 '장소성'을 휩쓸며 뭉개버린다. 바닥은 끝없이 전개될 뿐이다. 추억은 어디에 있는가. 추억은 어디에 없고 어디에나 있다. 신발이 아주 아주 얇아진다.

나는 걷는다. '나'라는 덩어리는 피부막에 싸여 경계와 한계를 짓고, 그 위에 또 바지를 입고 겨울 코트를 걸치고 오른발, 왼발, 오른발, 걷기 시작한다. 움직이는 나는 조금씩 물렁해지고 흐릿해지는 것 같아서 기분이 좋아진다.

이 겨울을 보내는 가로수는 혼잡하였던 잎들을 싹 버리고 훨씬 심플해졌고 가벼워졌고 단단해진 것 같다. 장대로 나뭇가지를 마구 헤집고 흔들어 마지막까지 이파리를 떨어내는 남자들을 본 적이 있다. 그들은 청소를 하는 중이었다. 가로수는 그렇게 겨울이 오기 전에 겨울 가로수가 되었다. 가로수는 나무의 이름이 아니다. 가로수는 나무들의 배치에서 비롯된 명칭이다. 나무들이 왜 일렬로 늘어서야 했는가. 길은 나무들을 '인간적'으로 데려왔다. 동물원이 동물들을 '인간적'으로 포획해온 것처럼. 길은 너무나, 너무나 인간적이다. 나무들은 어디서 와서 진열장의 팔리지 않는 인형들처럼 길에서 세월을 망각하게 되었을까. 가로수는 길이라는 형식으로부터 벗어나서 가로수 아닌 것이 될 수 있을까. 나는 나라는 그릇을 깨뜨리고 엎질러질 수 있을까. 도대체 왜 나는 길을 걸으면서 길을 잃어버리고 싶은 걸까. 나는 언젠가 길에서 가로수 아닌 가로수를 알아보고 내가 아니게 될 때까지 포옹을 나누었던가. 도대체 도로가, 가로수가 무슨 문제란 말인가. 왜 주체는 수치스러워하는가. 이 부끄러운 덩어리로부터 나는 모르는 사람처럼 멀어질 수 있을까.

신발이 얇아지고 피부막이 가장 얇아져서 세계의 바닥과 뜨겁게 접촉하고 너의 얼굴을 아프지 않게 투과할 수 있을 듯한데, 너와 나는 섞일 수 있을 듯한데, 나는 변할 수 있을 것 같은데, 두 개의 어깨가 툭 부딪힌다. 딱딱하기도 해라. 그러므로, 뭘 보고 다니느냐고 어깨의 주인들은 화를 낼 수도 있겠지. 또는, 미안합니다, 그런 적절한 말이 오고 갈 테지. 어쩐지 쓸쓸하다.

그러나 시는 이 쓸쓸한 몸들을 통과할 듯이 오는 것이다. 시는 타인의 얼굴에서 모래 한 줌을 덜어내어 내 얼굴에 뿌리기도 하는 것이다. 내 얼굴이 마치 타인의 살갗처럼 불안정한 입자들처럼 정전기를 일으키고, 끓어오르고, 진동하고, 충돌하고, 마침내 '얼굴-둑'을 무너뜨리는 것이다. 얼굴이 바뀌고 살갗이 바뀌어 내가 너가 되어 말하는 것이다. 겨울비 내린다. 이 몸들은 어디까지 젖을 것인가. 몸의 표면에서 빗방울들이 모조리 깨진다. 시는 젖는다. 시는 깨진다. 나는 걷는다.

*

그러므로 일관성의 상실을 두려워하지 않아야 한다. 나는 쓴다. 쓰고 나서 지우지 않고 쓴다.

*

멈출 수 없음은 어떤 상태인가. 이어서 일어나고, 동시에 쏟아지는 이 모든 자극과 진동은 어디에서 왔는가. 낯선 타인이 있고, 비명이 있고, 햇빛이 있고, 노인들이 있고, 검은 뒤통수처럼 불을 끈 강변의 아파트가 있고, 그 모든 외부에서 마치 누군가의 손길처럼 뻗치는 것들. 스위치를 누른다. 스위치스위치스위치…… 벨소리벨소리벨소리…… 나는 작동한다. 멈출 수 없다.

쓰라림은 내장에서도 일어난다. 무슨 신호일까. 복통과 두통, 빨라진 심장박동, 기관지의 간지러움 등등의 물질적인 자극들은 내가 기껏 조금 안다고 여기는 것들이란 게 나의 포장지에 관한 것뿐이라는 사실을 일깨운다. 나의 심장, 소장, 대장도, 콩팥도, 갈비뼈도, 어지러운 핏줄들의 세계도 내게는 너의 뒷모습보다도 깜깜하다. 나는 내용물을 알 수 없는 소포 같다. 그 안에서 무슨 일이 벌어지고 있는 것일까. 포장지가 펄럭이고 약간 구겨진다. 포장지가 뭔가 말하려 한다.

벨소리에, 그 모든 신호들에 멍멍해진다는 것은 때때로 물에 빠진 자의 신체처럼 총체적이고 필사적인 상태가 되는 것이다. 물에 '대하여' 생각할 수 없는 팔다리가 되는 것이다. 생각은 '대하여'라는 대상과의 원근법적 거리 없이도 쉼 없이 발생한다. 그러나, '무슨 생각을 하고 있는 거야?'라고 당신이 물어올 때, 나는 부시시 일어나며 '그냥', 혹은 '아무 생각도 안 해' 따위의 심심한 말밖에 해주지 못한다. 당신은 실망한 듯하다. 당신은 나를 의심하는 것 같다. 당신은 내가 숨기는 것이 있다고 생각한다. 그렇지만, 나는 투명해지려고, 가장 얇은 막이 되려고 애쓰고 있어요. 어떤 순간, 순간, 당신은 나를 통과할 수 있을 거예요.

다시, 멈출 수 없다는 것은 무엇인가. 창문을 열자 보폭처럼 갈라지며 커튼이 펄럭거리기 시작한다. 바람이 몹시 부는 날이다. 저 커튼이 다른 창문으로 날아가지는 못할 것이다. 커튼의 한계와 생활의 한계와 작은 인간의 한계를 조금, 조금 더 넘어서려고 하는 갈구가 문학의 몸짓에는 깃들어 있다. 그러나 이 말이 어떤 한계를 넘어섰을 때 비로소 문학의 영토가 열린다는 뜻으로 번역될 수 있는 건 아니다. 문학이 한계를 모른다는 말은 더욱 아니다. 한계를 모른다는 것은 거꾸로 한계 내부에 사로잡혀 있다는 것을 은폐하고 있는 상태일 뿐인지도 모른다. 이를테면, 자본주의적 과식과 탐욕처럼 말이다. 문학은 맹목적인 나아감이 될 수 없다. 오히려 문학은 어떠한 한계에 대한 실험일 수밖에 없다는 점에서 끊임없이 한계를 의식하고 한계를 발견하고 발명하기까지 한다. 한계가 없음으로 멈출 수 없는 것이 아니라, 한계가 있기에, 한계가 한계를 밀고 나가고 미끄러지게 하기에, 멈출 수 없는 저 손이 쓴다, 쓰고 나서 지우지 않고 쓴다. 한계는 미학적으로 '극복'해야 하는 것이 아니라 미직으로 '숙고'되고 '변형'되어야 하는 것이다. 어쨌든, 너의 한계와 나의 한계가 불꽃처럼 점화되는, 아주 드물게 발생하는 어떤 사태는 굉장한 폭발을 만들어내기도 한다.

멈출 수 없다는 것이 계속해서 쓰고 많이 쓴다는 걸 뜻하는 건 물론 아니다. 그것은 목소리가 새어나오지 않는 저 바닥없는 바닥으로 고요하게 내려가는 일일 수도 있으며, 그러므로 그것은 침묵에 깊숙이 격정적으로 온몸을 담그는 것일 수 있으며, 한없이 산만해지는 정신의 상태를 가리킬 수도 있고, 너를 사랑하는 것일 수도 있고, 지금은 쓸 수밖에 없는(다른 일을 할 수 없는) 상태에 빠졌다는 현재적인 글쓰기의 경험에 찍히는 숨찬 느낌표들일 수도 있다. 그 하나가 아니라 여러 가지일 수도 있었다.

현재만이 멈출 수 없다. 앞과 뒤가 없기에 현재는 멈출 수 없다.

멈출 수 없음의 반대 상태는 멈출 수 있음이 아니다. 그것은 '멈춤'. 멈출 수 없음은 멈춤과 관계 맺는다.

*

이를테면, 발에서 가장 먼 손과 발에서 가장 가까운 손은 단순히 상반되는 미학적인 의미를 내포하는 것이 아니라, 미묘하게 복합적으로 관계하는 것이다.

*

멈춘다는 것은 무엇인가. 그것은 그냥 소진일 뿐인가. 나는 정신적인 강도에 있어서도 많이 약해졌고 육체적으로도 매우 곤한 상태다. 그런데 약해져서 가늘어져서 미세해지고 미묘해지는 지점들, 그 여파들, 파장들이 있다. 또 다른 신경들이 희미하게 환하게 희미하게 뻗어나간다. 이곳저곳으로 휘어진다.

멈출 수 없다는 것, 그것이 쓰고 나서 지우지 않고 쓰는 것이었다면, 멈추었을 때 비로소 우리는 쓴 것을 미세하고 미묘하게 매만지고 지우고 조절할 수 있게 된다. 숨찬 느낌표들이 갸우뚱한 물음표들과 겹쳐져 있다는 것을 알게 된다. 느낌표와 물음표 사이에서 근접해나갈 것. 느낌표들을 지우면서 남길 것. 몇 개의 느낌표에서 어렵게 물음표를 떼어낼 것. 그러나 끝내 떼어낼 수 없는 것은 떼어낼 수 없는 것. 시간의 협력을 최대한 구할 것. 힘껏 가난할 것. 쓸쓸해하지 말 것. 말할 수 없는 무엇을 말하려고 애쓸 것. 무엇과 그것 사이에서 비틀거나 뭉뚱그리지 말고 근접해나갈 것. 좁은 문을 찾을 것. 서성일 것. 반복, 반복할 것. 너의 문 앞에서 몇 번씩 거절당할 것. 고개를 숙일 것.

그러나 멈춘다는 것은 고꾸라지는 일이다. 천천히 속도를 줄여가는 게 아니라, 숨차게 달리면서 어느 순간 뚝, 멈추어보라. 멈추었다, 신기해라. 그런데 약간 돌출된 여기는 어딜까. 어느 날은 저 멀리 신발 혼자 날아가 있다.

이 책에 실린 원고들의 초고는 아래 지면에서 찾아볼 수 있습니다.(연도순)

「흑색 신비의 풍경」, 『대산문화』, 2005년 봄.

「천 개의 서랍」, 『시안』, 2005년 가을.

「꿈의 뿌리는 몸에 있고 몸의 뿌리는 꿈에 있다」, 『시안』, 2005년 겨울.

「진은영과 친구되기」, 『시안』, 2006년 봄.

「예술과 게임」, 『시안』, 2006년 여름.

「빛의 소묘」, 『시안』, 2006년 가을.

「달리는 펜, 달리는 인생」, 『시안』, 2006년 겨울.

「시와 삶, 그 하나에 이르는 길」, 『작가세계』, 2007년 봄.

「폭발하는 사물들, 글쓰기의 공간」, 『시안』, 2007년 봄.

「원리의 발명, 어느 좌표에도 찍히지 않는 점들의 좌표를 찾아서」, 『시안』, 2007년 여름.

「발에 대하여」, 『시와사상』, 2008년 봄.